講談社文庫

訣別《けつべつ》(上)

マイクル・コナリー｜古沢嘉通 訳

講談社

ヴィン・スカリーに
言葉に尽くせぬほどの感謝を添えて

目次

●主な登場人物〈訣別　上巻〉

ヒエロニムス・〝ハリー〟・ボッシュ　元ロス市警刑事　現在サンフェルナンド市警嘱託刑事兼私立探偵
ジョン・クライトン　ロス市警副本部長　トライデント・セキュリティ社重役
グロリア　クライトンのアシスタント
デニス・ラフトン　海運王　トライデント・セキュリティ社創業者
ホイットニー・ヴァンス　トライデント・セキュリティ社の顧客　大富豪
ネルスン・ヴァンス　ホイットニーの父親
アイダ・タウンズ・フォーサイス　ヴァンスの秘書
ビビアナ・デュアルテ　ヴァンスが学生時代に出会った学生食堂勤務のヒスパニック系女性
ジェイムズ・フランクリン・オードリッジ　学生時代のヴァンスのルームメイト
アンソニー・バルデス　サンフェルナンド市警本部長
トレヴィーノ　サンフェルナンド市警警部　市警内務トップ
ベラ・ルルデス　サンフェルナンド市警対人犯罪捜査員
ダニー・シスト　サンフェルナンド市警窃盗犯罪捜査員
ミーガン・ヒル　法心理学教授　プロファイラー
マディ　ボッシュの娘　チャップマン大学在学
アビゲイル・ターンブル　セントヘレン養護施設出身者
デイヴィッド・スローン　ヴァンスの屋敷警備人
ドミニク・サンタネロ　セントヘレン養護施設出身者
ビル・ビシンガー　元海軍衛生下士官　ドミニクの戦友
オリビア・マクドナルド　ドミニクの兄弟　セントヘレン養護施設出身者
ミッチェル・マロン　郵便局員
ゲーリー・マッキンタイア　海軍犯罪捜査局捜査官
ミッキー・ハラー　リンカーン弁護士　ボッシュの異母弟
ガイ・クラウディ　フラッシュポイント・グラフィックス社創業者　元鑑識
ヘイリー・B・ルイス　ドミニクの戦友
ガブリエラ　ドミニクが訓練中に出会ったヒスパニック系女性
ベアトリス・サアグン　レイプ被害者のひとり
ジョナサン・ダンベリー　連続レイプ事件被疑者

訣別（上）

丈の高いエレファント・グラスに身を潜めていた彼ら五人の男は、着陸地帯に向かって突進した。彼らは人員輸送ヘリ《スリック》に両側から近づいていき、なかのひとりが「いけ！　いけ！　いけ！」と叫んでいた――あたかもひとりひとりを急きたて、これが自分たちの人生におけるもっとも危険な瞬間であることを念押ししなければならないかのように。

　回転翼の吹き下ろし《ダウンウォッシュ》が草を押し倒し、発煙筒の煙を四方に吹き飛ばした。重たい積み荷を抱えて離陸するため、タービンが回転数を増していき、その騒音は耳を聾《ろう》さんばかりになった。ドア・ガナー（ヘリのドア付近に配置された射撃手）がバックパックのストラップを摑《つか》んで、五人全員を機内に引きこむと、ヘリはすばやく再上昇をした。トンボが着水するのとさして変わらない時間しか地面に留まっていなかった。

　機体が上昇し、バンクをはじめると、左舷ドアから高木の梢が作る線《ツリー・ライン》が見えた。すると、バンヤンノキのなかで銃口の閃光が走った。だれかが叫んだ。「狙撃手だ！」

――あたかもドア・ガナーに木々のなかに潜んでいるもののことを伝えなければならないかのように。

待ち伏せだった。三つの明瞭な火種。三人の狙撃手。彼らはヘリが離陸し、機首を水平にするところを待っていたのだ。百八十メートル離れたところから容易に狙える的だ。

ガナーは、M60機関銃の引き金を引き、高木の梢を掃射し、鉛の弾でバラバラにした。だが、狙撃手の一斉射撃は止まらなかった。輸送ヘリは装甲をしていない。積載能力と防御力よりも速度と操縦性能を優先させるという一万四千キロ彼方でなされた決定のせいだ。

一発の銃弾がタービンのカウリングに命中した。機中の無力な男たちに、駐車場に停まっている車のボンネットにファールした野球のボールがぶつかった音を思い起こさせるかん高い音だった。すぐさまガラスの砕ける音がつづき、次の銃弾がコックピットを切り裂いた。万にひとつの狙撃だった。同時に操縦士と副操縦士が撃たれた。操縦士は即死し、副操縦士は本能的に両手で首を強く押さえたが、血液を体のなかに留めておくには無駄な動きだった。ヘリコプターは、左右に揺れながら、時計回りに旋回をはじめ、すぐにコントロールを失った。回転しながら木々から離れ、水田の上を横切った。後方にいた男たちはむなしい悲鳴を上げはじめた。ついいましがた野球のことを思い浮かべた男が自分の位置を確認しようとした。ヘリの外で世界はクルクルまわっていた。コックピットと貨物庫とのあいだを隔てている金属壁に記されたひとつの単語に男の目は釘付けになっていた。進め《アドヴァンス》の一語だった——Aの文字の横棒が、矢印になっていて、前を指していた。

風切り音が激しくなり、機体が高度を失いつつあるのを感じてはいたが、彼はその言葉から目を離さずにいた。偵察部隊を支援して七ヵ月過ごし、もうすぐ帰国することになっていた。自分は故郷には戻らないだろう、と男は知った。これが終わりだった。

男が最後に耳にしたのは、だれかが「踏ん張れ！　踏ん張れ！　踏ん張るんだ！」と叫んでいる声だった——あたかも搭乗中のだれかが墜落の衝撃を生き延びる可能性があるかのように。そのあとで襲ってくるはずの炎を脇へ置いて。また、そのあとで山刀を手にやってくるはずのベトコンを脇へ置いて。

ほかの搭乗者がパニックにかられて悲鳴を上げているあいだ、男はある名前をつぶやいた。

「ビビアナ……」

二度と彼女に会えないのはわかっていた。

「ビビアナ……」

ヘリコプターは水田の堤に突っこみ、無数の金属片に砕け散った。一瞬ののち、溢《あふ》れた燃料に火がつき、残骸を焼き尽くした。炎が田んぼの水の上を広がっていった。黒煙が立ち上り、ヘリの残骸を着陸地帯の目印のようにした。

狙撃者たちは弾を込め直し、次にやってくる救援ヘリを待った。

1

待たされているのは気にならなかった。眺めはみごとなものだった。待合室のカウチには腰掛けなかった。その代わりにガラスから三十センチ離れたところにボッシュは顔を持っていき、ダウンタウンの家並みから太平洋へ広がる景観を立ったまま見つめた。ボッシュがいるのは、USバンク・タワーの五十九階で、クライトンがボッシュを待たせているのは、それがパーカー・センターにいた時分までさかのぼる彼のいつもしていることだったからだ。当時、待合室から見えるのは、ローアングルから見るシティ・ホールの裏手の景色だけだったが。クライトンは、ロサンジェルス市警察に勤めていた時代からほんの五ブロックほど西へ移動していたが、それよりもずっと上方向に進んで、この街の金融の神々が住まうそそり立つ高みに到達していた。

もっとも、ボッシュには、景色がよかろうと悪かろうと、だれであれ、この高層ビルにオフィスを構える理由がわからなかった。ミシシッピー川以西でもっとも高いビルであり、失敗に終わった二件のテロ計画の攻撃目標だったこともあった。毎朝、ガラスのドアをくぐって入ってくる全員が仕事のプレッシャーに加えて、漠然とした不安を感じているにちがいない、とボッシュは想像した。まもなくすると、数ブロック先に天を衝くガラスで覆われた尖塔、ウィルシャー・グランド・センターの形で安心感がもたらされるかもしれない。完成すると、そこがミシシッピー川以西のもっとも背の高い建物の栄誉を担うことになる。同時にテロの攻撃目標になるだろう。

ボッシュはどんな場合であれ、高いところから自分の生まれ育った都市を眺める機会を気に入っていた。若い刑事だったころ、市警のヘリに監視員として搭乗する特別勤務をしょっちゅう引き受けていた――たんにロサンジェルス上空を飛び、その果てしないほどの広大さを心に留めておくために。

ボッシュは110号線を見下ろし、州間高速道路がサウス・セントラル地区を南北に貫いている様子を見た。眼下のビルの屋上に置かれたヘリパッドの数も心に留めた。ヘリコプターはエリート層の通勤用乗り物になっていた。話に聞いたところでは、レイカーズやクリッパーズの高額契約バスケットボール選手たちのなかには、ステイプルズ・センターでプレーするためにヘリを利用する者すらいるそうだ。

ガラスは分厚く、外の音はいっさい聞こえてこなかった。眼下の都市は静まり返っている。ボッシュに聞こえてくるのは、背後でおなじ挨拶を何度も繰り返している受付係の電話対応の声だけだった——「トライデント・セキュリティです、ご用件を承ります」

LAライヴ・ディストリクトに向かってフィゲロア・ストリートを猛スピードで南下するパトカーにボッシュの目が留まった。まもなくすると、ボッシュがいまいる階よりも低い高度で移動するロス市警ヘリが空からパトカーを追った。ボッシュがヘリを目で追っていると、背後から声をかけられた。

「ボッシュさま？」

ボッシュが振り返ると待合室の中央にひとりの女性が立っていた。彼女は受付係ではなかった。

「グロリアです。電話でお話ししましたね」女性が言った。

「ああ、そうだ」ボッシュは言った。「クライトン氏のアシスタントだね」

「ええ、お会いできて光栄です。奥へどうぞ」

「ありがたい。これ以上待っていたら、飛び降りたところだ」

グロリアはほほ笑まなかった。彼女はボッシュに先立ち、額に入った水彩画がみごとに壁に並んでいる廊下を抜け、その先のドアまで案内した。

「耐衝撃性ガラスがはまっています」グロリアは言った。「カテゴリー5のハリケーンにも耐えられます」

「それは重畳」ボッシュは言った。「ジョークを言ったつもりだったんだが。きみのボスは昔から人を待たせる人間なんだ——市警の副本部長だった時代には」

「あら、そうですか？　ここでは気づきませんでした」

その返答はまったく筋が通らなかった。約束の時間から十五分経ってからグロリアは待合室にボッシュを迎えにきたのだから。

「出世していく過程で経営学の本にそのことが書かれていたんだろうな」ボッシュは言った。「ほら、時間どおり相手がやってきても待たせておくべし。相手をようやく部屋に通したときに優位な立場に立つ。相手に自分が忙しい人間であると知らしめるのだ、と」

「わたしはその手のビジネス哲学に疎いんです」

「どちらかというと警察の哲学だろうな」

ふたりはつづき部屋になっているオフィスに入った。手前の部屋には独立した机が二脚並べられていて、一脚にはスーツ姿の二十代の男性が座っており、もう一脚は空いていたが、グロリアの机だとボッシュは推測した。ふたりは机と机のあいだを通って一枚のドアにたどり着くと、グロリアがそのドアを開け、かたわらにどいた。

「なかへお進みください」グロリアが言った。「お水をお持ちしましょうか?」

「ありがとう」ボッシュは言った。「だが、けっこうだ」

ボッシュは手前の部屋よりも広い部屋に入った。左側にデスク・エリア、右側には堅苦しくない《インフォーマルな》着席エリアがあり、ガラス天板のコーヒーテーブルをあいだにはさんで向かい合って置かれているカウチが二脚あった。クライトンは自分の机の向こうに座っており、ボッシュとの約束が堅苦しい《フォーマルな》ものになることを示唆していた。

個人的にクライトンと最後に会ってから十年以上が経っていた。そのときのことを思いだせないものの、クライトンがやってきて、残業代予算あるいは市警の旅費規定に関する通達をおこなった刑事部屋でのミーティングのおりだったろうと推測した。当時、クライトンは、経理担当のトップだった——彼の管理職としての職務のなかに市警の予算管理責任者の仕事があった。残業に関する厳密なルールを設定したことで知られていた。残業理由を詳細に緑色の申請用紙に記入し、上司の承認を得なければならなかった。その承認あるいは不承認は、通常、すでに実際に残業に入っている時間のあとで知らされるため、この新しいシステムは、警官に残業をするなと説き伏せるため、あるいは、さらに悪いことに、残業をしながらも、申請しないか拘束時間内の就労であると認めさせるための手段として見られた。その職責に就いているあいだに、クライトンは、一般警官たちから〝馬鹿野郎《クレチン》〟としてひろく知られるようになった。

それからまもなく、クライトンは市警を離れて、民間企業に転職したが、緑色の残業申請書《グリーンニーズ》は、いまも利用されている。クライトンが市警に残した足跡は、勇敢な救出活動でもなければ、銃撃戦でもなく、極悪非道な犯人の逮捕でもなかった。緑色の残業申請書だった。

「ハリー、ようこそ」クライトンが言った。「座ってくれ」

ボッシュは机に近づいた。クライトンはボッシュより数年歳上だったが、体型は維持していた。机の向こうに立って、片手をまえに差しだした。引き締まった体軀に合わせて誂《あつら》えたグレーのスーツを着ている。金がかかっているいでたちだ。ボッシュは握手をし、机のまえの椅子に腰掛けた。この面談に合わせた服装はしていない。ブルージーンズに青いデニムシャツ、少なくとも十二年まえから着ているチャコール色のコーデュロイ・ジャケットという身なりだった。最近では、市警に勤めていたころに着ていた仕事用のスーツはクリーニングのビニールに包まれたままだった。クレチンと会うためにわざわざそれを引っ張りだしたくなかった。

「チーフ、お元気ですか？」ボッシュは言った。

「もう副本部長《チーフ》じゃない」クライトンは笑い声を上げた。「ずいぶん昔の話だ。ジョンと呼んでくれ」

「では、ジョン」

「待たせてすまんな。電話で依頼人と話をしていたんだ。なにはともあれ、依頼人が第一さ。かまわなかったかね？」

「ええ、問題ありません。景色を楽しんでましたよ」

クライトンの背後の窓から見える景色は、さきほどとは反対の方角で、シヴィック・センターを越えて、北東へ広がり、サンバーナーディーノの雪を冠した山々までつづいていた。だが、このオフィスをクライトンが選んだ理由は、山の景色ではないとボッシュは推測した。シヴィック・センターが理由だろう。自分の机からクライトンは、市庁舎の尖塔やロス市警本部ビル、ロサンジェルス・タイムズ・ビルを見下ろしていた。クライトンはそれらの上に位置していた。

「この角度から世界を眺めるのはじつにすばらしいものだ」クライトンは言った。

ボッシュはうなずき、用件にとりかかった。

「で」ボッシュは言った。「わたしにどんなご用ですか……ジョン？」

「そうだな、まず、なぜわたしがきみに会いたがっているのか、はっきりわからずとも来てくれたことに感謝する。グロリアの話では、来てもらえるよう説得するのはなかなか大変だったそうだな」

「ええ、まあ、それについてはお詫びします。ですが、彼女に伝えたように、もしこれが仕事のことなら、わたしには興味がありません。仕事はありますので」

「聞いたよ。サンフェルナンドだってな。だが、それは非常勤の仕事なんだろ？」

クライトンはやや馬鹿にしたような口調でそう言い、ボッシュはかつて見たことがある映画のセリフを思いだした——「警官でなければ、おまえはただの無力な人間だ」（『ブレードランナー』ロス市警ブライアント警部のセリフ）。小さな警察で働いていたら、無力な人間であることに変わりないという意味もあった。

「希望どおり忙しくしてますよ」ボッシュは言った。「それに私立探偵の許可証も持っている。ときどきそっちの仕事も引き受けています」

「全部紹介ではないのか？」クライトンは言った。

ボッシュはじっと相手に目を凝らした。

「わたしについてあなたが調べたことに感銘を受けるべきなんですか？」やがてボッシュは訊《き》いた。「わたしはここで働くことになんの興味もありません。給料がどれほどのものであれ、どんな案件であれ関係なく」

「まず、きみに訊きたいことがあるんだ、ハリー」クライトンは言った。「わが社の業務内容を知っているかね？」

ボッシュは答えるまえにクライトンの肩越しに視線を投じ、山々を眺めた。

「金銭的に余裕のある相手を対象にしたハイレベルなセキュリティ・サービスを提供している」ボッシュは言った。

「そのとおり」クライトンは言った。

彼は右手の三本の指を立てた。どうやら三叉《トライデント》を示しているつもりのようだ。

「トライデント・セキュリティ」クライトンは言った。「経済的セキュリティと、テクノロジカル・セキュリティ、それにパーソナル・セキュリティの三つを専門にしている。十年まえ、わたしがカリフォルニア支店をオープンさせた。ニューヨークとボストン、シカゴ、マイアミ、ロンドン、フランクフルトに拠点がある。イスタンブールにも支店をひらく予定だ。われわれの専門分野で数千人の顧客やそれ以上の数の得意先を有している最大手なのだよ」

「それはよかったですね」ボッシュは言った。

ボッシュはここにやってくるまえにおよそ十分間を費やしてトライデントに関する

情報をノートパソコンで調べた。この上流階級向けセキュリティ企業は、デニス・ラフトンという名の海運王によって一九九六年にニューヨークで創業された。ラフトンはフィリピンで誘拐され、身代金を払って解放された経験があった。ラフトンはまず元ニューヨーク市警の本部長を表看板として雇い、拠点を置くどの都市でもその例にならった。地元の警察から署長あるいは幹部指揮官を引き抜き、マスコミの注目を浴びるとともに、必要不可欠な地元警察の協力を確保しようとした。噂では、十年まえ、ラフトンはロス市警本部長を雇おうとしたが断られ、次善の策としてクライトンに手を伸ばしたという。

「わたしはトライデントでの仕事に興味はないとあなたのアシスタントに伝えました」と、ボッシュは言った。「そうしたところ、彼女はその話ではない、という答えでした。ですから、なんの用事なのかさっさと話してください。おたがいの人生を前向きに送れるように」

「保証してもいいが、きみにトライデントの仕事を提供するつもりはない」クライトンは言った。「正直な話、わが社の仕事をおこない、依頼人と警察に関わる細心の注意を要する案件を扱うためには、ロス市警の全面的な協力と敬意が必要なんだ。もしきみをトライデントの従業員として雇うことになったら、問題が生じかねない」

「わたしの訴訟の話ですね」

「そのとおりだ」

この一年、ほぼずっとボッシュは自分が三十年以上奉職してきた市警本部に対する長引く訴訟の渦中にあった。訴えたのは、違法に退職に追いこまれたと信じていたからだ。この訴訟のせいで、ボッシュは市警の同僚たちから反感を寄せられていた。ボッシュがバッジを持って市警に勤めているあいだ、百人以上の殺人犯に司法の裁きを受けさせてきたのは、どうでもいいことのようだった。訴訟は結着したが、市警の一部から寄せられる敵意はつづいていた。たいていは幹部職員たちからの敵意だった。

「では、わたしをトライデントに引きこむと、あなたの会社とロス市警の関係にひびが入りかねない、と」ボッシュは言った。「了解しました。でも、わたしになにかをさせたいんでしょう。それはなんなんです？」

クライトンはうなずいた。本題に取りかかる頃合いだ。

「ホイットニー・ヴァンスという名前に覚えはあるかね？」クライトンは訊いた。

ボッシュはうなずいた。

「もちろんありますよ」

「そうだろうな、その、なんだ、彼は顧客なんだ」クライトンは言った。「ヴァンスの会社、アドヴァンス・エンジニアリングとおなじように」

「ホイットニー・ヴァンスは八十歳になっているはずでしょ」

「実際には八十五歳だ。それに……」

クライトンは机の中央のひきだしを開け、書類を取りだした。それをボッシュの目のまえの机の上に置いた。その書類が控え付きの記入済み小切手であるのは見て取れた。眼鏡をかけていなかったので、金額やほかの記入事項は読めなかった。

「彼はきみと話をしたがっている」クライトンは言いかけていた言葉を言い終えた。

「なんについて？」ボッシュは訊いた。

「わからん。きみとだけ話し合いたい事柄があると言っていた。彼は一万ドルの支払い保証付き小切手を振りだした。彼に会うだけでこの小切手はきみのものになる。その面談の先が仕事に繋《つな》がろうと繋がるまいとにかかわらず」

ボッシュはなんと言ったらいいのかわからなかった。いまのところ、示談のおかげで懐具合は潤沢だったが、老後を快適に過ごすため、娘のために残した分を除いて、和解金の大半を確実な長期投資口座に注ぎこんでしまった。そして、現時点では、娘の大学生活はあと二年以上残っており、その先に大学院の授業料が待ち受けている。娘はいくつか気前のいい奨学金を受けていたが、短期的に見れば、ボッシュは奨学金では賄えない残りの授業料の支払いをしなければならなかった。提示された一万ドルを活用できるという思いが浮かんだのはまちがいなかった。

「その面談はいつどこでおこなわれるんですか?」やがてボッシュは訊いた。

「明日の朝九時にパサディナにあるヴァンス氏の自宅だ」クライトンは言った。「住所は小切手に記載されている。いまより少しはましな格好をしといたほうがいいぞ」

ボッシュは服装に関する当てこすりを無視した。上着の内ポケットから老眼鏡を取りだす。眼鏡をかけながら、机に手を伸ばし、小切手を手に取った。フルネームのヒエロニムス・ボッシュと記されているのがわかった。

小切手の片側には目打ちの線が入っていた。その線の横に住所と面談時間、それに加えて、「火器を持参せぬこと」という注意書きが記されていた。ボッシュは目打ちに沿って小切手を折りたたむと、上着にしまいながら、クライトンを見た。

「ここを出たら銀行へ向かいます」ボッシュは言った。「これを預けてみて、なにも問題がなかったら、あす約束の場所に出向きます」

クライトンは薄ら笑いを浮かべた。

「なにも問題はないだろう」

ボッシュはうなずいた。

「でしょうね。では」ボッシュは言った。

ボッシュは出ていこうと立ち上がった。

「それからもうひとつ言いたいことがあるんだ、ボッシュ」クライトンは言った。

ボッシュは、部屋に入って十分と経たぬうちに自分がクライトンからファーストネームで呼ばれる立場からラストネームで呼ばれる立場に落ちたことを心に留めた。

「なんですか？」ボッシュは訊いた。

「ご老体がきみになにを頼むつもりなのかわからんが、わたしは彼をとても守りたいと思っている」クライトンは言った。「彼はわたしにとってたんなる顧客ではない。人生の晩節で、彼が欺《テイク・フォア・ア・ライド》されるのを見たくはない。彼がきみにどんな仕事をさせたがるにせよ、わたしは情報を共有しておく必要がある」

「誘拐して殺す《テイク・フォア・ア・ライド》？　なにか見落としているならともかく、クライトン、あなたがわたしに電話してきたんですよ。もし誘拐して殺される人間がいるとしたら、わたしになるでしょう。そうなれば、ヴァンスがいくら払おうと関係ない」

「そういうことじゃないのは請け合う。唯一の移動《ライド》は、パサディナへの移動だ。そのためにきみはたったいま一万ドルを受け取った」

ボッシュはうなずいた。

「けっこう」ボッシュは言った。「その言葉を守ってもらいますよ。あす、ご老体に会って、どういうことなのか確かめてみます。ですが、彼がわたしの依頼人になったなら、その仕事がなんであれ、彼とわたしのあいだで結ばれた契約になります。ヴァンスが情報を共有してくれと言わないかぎり、あなたへの情報提供はありません。それがわたしのやりかたです。だれが依頼人でも変わりはない」

ボッシュはドアのほうを向いた。ドアにたどり着くと、クライトンを振り返った。

「いい眺めをありがとう」

ボッシュは出ていき、ドアを閉めた。

途中で受付担当の机に立ち寄り、駐車券を支払い済みにさせた。それによって駐車料金の二十ドルと、車を駐車係に預ける際に同意していた洗車料もクライトンに払わせたかったのだ。

2

ヴァンスの屋敷はアナンデール・ゴルフ・クラブに近いサンラファエルにあった。昔からの富裕層《オールド・マネー》の住む地域だ。家屋敷と土地が代々世襲され、石壁と黒い鉄柵の向こうで守られている。新興富裕層《ニュー・マネー》が出入りし、金持ちが一週間毎日自宅のゴミ箱を通りに出していくハリウッド・ヒルズとは大違いだ。ここには「売り家」の看板はいっさいない。不動産を購入するには、この地域に知り合いがいなければならない。ひょっとしたら、血族である必要があるかもしれない。

ボッシュは、ヴァンスの地所への入り口をガードしている門からおよそ百メートルほど離れたところで道路脇に車を寄せて停めた。門の上には、花の形に飾り彫りをしてある忍び返しがついていた。しばし、ボッシュは、門の奥でカーブを描いているドライブウェイを眺めた。ドライブウェイは曲がりくねって坂をのぼり、緑に覆われたふたつの丘のあいだを通って、姿を消していた。建物の姿はどこにもなく、車庫の姿すら見えなかった。そういうものはすべて道路からは見えないようにされているのだろう。地形や鉄や警備があいだに置かれている。だが、齢《よわい》八十五になるホイットニー・ヴァンスが、金の色をした丘の奥のどこかにいて、なにかを心に抱いて自分を待ち受けているのをボッシュは知っていた。そのなにかとは、忍び返しのついた門の反対側へ人を通さねばならないなにかだった。

ボッシュは約束の時間より二十分早く到着し、その時間を利用して、けさインターネットで見つけて、ノートパソコンにダウンロードしたいくつかの記事に目を通した。

ホイットニー・ヴァンスの生涯の一般的な中身は、たいていのカリフォルニア州民が知っているように、ボッシュもよく知っていた。とはいえ、なかなか興味深く、称賛に値するとも思える詳しい話も見つけていた。ヴァンスは、高額の相続財産をいっそう膨らましためったにいない後継者だった。カリフォルニアのゴールドラッシュ時代まで遡る鉱山業を稼業にした一家のなかで、パサディナ在住の四代目の子孫だった。探鉱がヴァンスの曾祖父を西部へ引き寄せたのだが、ヴァンス家の富はそれで築かれたわけではなかった。金鉱探索に挫折して、曾祖父は、州で最初の露天採鉱を創業し、サンバーナーディーノ郡の地面から大量の鉄鉱石を掘りだした。ヴァンスの祖父は、さらに南部のインペリアル郡で第二の露天採鉱をおこない、ヴァンスの父は、先々代からの成功を元手に製鋼所と製造工場を手に入れ、黎明期の航空産業を支えるのに貢献した。当時、航空産業の顔は、ハワード・ヒューズであり、ヒューズはネルスン・ヴァンスを最初は請負業者としていたが、やがてさまざまな航空関係の企業におけるパートナーに迎えた。ヒューズは、ネルスン・ヴァンスのひとりっ子の名づけ親になる。

ホイットニー・ヴァンスは、一九三一年に生まれ、若いころは、独自の道を切り拓こうとしたようだ。当初、映画制作を学ぶため、南カリフォルニア大学へ入学したが、結局、中途退学し、家族の元に戻り、パサディナにあるカリフォルニア工科大学に入り直した。ハワードおじさんが出た大学だ。若いホイットニーを励まし、カリフォルニア工大《カルテック》で航空工学を学ばせたのは、ヒューズだった。

一族の年長者たちとおなじように、自分の代になると、ヴァンスは家業をあらたな、ますます成功を収めるであろう方向へ進めた。つねに家業の製品――鉄――と結びついているようにして。政府の契約を数多く獲得して航空部品を製造し、アドヴァンス・エンジニアリング社を設立した。同社は数多くの航空部品の特許を保有した。航空機の安全な給油に用いられている連結器は、ファミリー企業の製鋼所で仕上げられ、こんにちでも世界中のあらゆる空港で用いられている。ヴァンスの鉱山で採掘される鉄鉱石から抽出されたフェライトは、レーダーに探知されるのを避ける航空機建造の最初期の奮闘のなかで用いられた。そうしたプロセスは、ヴァンスによって綿密に特許を取られ、守られた結果、数十年にわたるステルス技術の開発へのヴァンスの会社の参画を確かなものにした。ヴァンスと彼の会社は、いわゆる軍産複合体の一部であり、ヴェトナム戦争でその価値が急速に拡大した。戦争のはじまりから終わりまで、あの国を出入りするすべての作戦行動にアドヴァンス・エンジニアリングの機材が関わっていた。ボッシュは同社のロゴ――中央の横棒が矢印になっているA――が、ヴェトナムで乗りこんだすべてのヘリコプターの鋼鉄の壁に印刷されているのを見た覚えがあった。

左側の車窓を鋭く叩く音にボッシュは驚いた。顔を起こすと、制服を着たパサディナ市警のパトロール警官の姿が目に入った。白黒ツートンカラーのパトカーが自分の車のうしろに停まっているのがバックミラーに見えた。記事に目を通すのに没頭しているあまり、パトカーが近づいてきた音すら聞こえなかったのだ。

ボッシュは車窓を下げるためにチェロキーのエンジンをかけねばならなかった。どういうことになるのか、ボッシュにはわかっていた。塗装が必要な御年二十二歳の車がカリフォルニア建州に力を貸した一族の地所の外に停まっているのは、疑わしい行動とみなされうる。その車が洗車したてであったり、ボッシュが保管用ビニール袋から出してきたばかりのパリッとしたスーツとネクタイをしていたりしても関係なかった。この地域に侵入してから警察が反応するのに十五分とかかっていなかった。

「どう見えるかわかってる、巡査」ボッシュは口をひらいた。「だが、あと五分ほどしたら向かいの家の住民と会う約束になっており、ちょっと早めに――」

「それはすばらしい」警官は言った。「車から降りてもらえませんか？」

ボッシュはまじまじと相手を見た。胸ポケットの上の名札にクーパーと記されているのが目に入る。

「冗談だろ？」ボッシュは訊いた。

「いいえ、冗談のつもりはありません」クーパーは言った。「車を降りてください」

ボッシュは深呼吸をすると、ドアを開け、言われたとおりにした。両手を肩の高さに上げて言った。「おれは警官だ」

クーパーはボッシュが予想したとおりにたちまち緊張感を募らせた。

「武器は持っていない」ボッシュはすばやく言った。「銃はグラブボックスのなかだ」

その瞬間、ヴァンスとの面談には武器を携行しないようにと告げていた小切手の控えに記された但し書きにボッシュは感謝した。

「なんらかのＩＤを見せてください」クーパーが求めた。

ボッシュは慎重にスーツの上着の内ポケットに手を伸ばし、バッジ・ケースを取りだした。クーパーは刑事のバッジをしげしげと眺め、ついで身分証を見た。

「ここには、予備警察官と記されていますね」

「ああ」ボッシュは言った。「非常勤だ」

「あなたの勤務先から二十五キロ近く離れているのでは？　ここでなにをしているんですか、ボッシュ刑事？」

クーパーはバッジ・ケースを返し、ボッシュはそれを仕舞った。

「さっき説明しようとしていただろ」ボッシュは言った。「約束がある――ヴァンス氏とのな。彼があそこに住んでいることは、先刻ご存知だな。それをきみは遅れさせようとしているところだ」

ボッシュは黒い門を指さした。

「その約束というのは警察がらみのことなんですか？」クーパーが訊いた。

「正直言って、きみには関係のないことだ」ボッシュは答えた。

ふたりの男はしばらく相手の冷たい視線をにらみ返していた。どちらもまばたきせずに。やがてボッシュが口をひらいた。

「ヴァンス氏が待っている」ボッシュは言った。「あの手の人物は、たぶんわたしが遅れた理由を訊《たず》ねるだろうし、それに対してなにかの手を打つだろう。ファーストネームはなんだ、クーパー？」

クーパーはまばたきをした。

「ファーストネームは、クソ野郎《ファック・ユー》めさ」クーパーは言った。「よい一日を」

クーパーは背を向け、パトカーへ戻りはじめた。

「そりゃどうも、お巡りさん」ボッシュはクーパーの背に向かって呼びかけた。

ボッシュは自分の車に戻り、すぐに道路脇から発進した。もしこの古い車に道路にゴム痕を残すほどのパワーが残っていたら、ボッシュはきっとそうしただろう。だが、まだ路肩に停まったままのクーパーにせいぜい見せられたのは、骨董物の排気管から立ち上る青い排煙だけだった。

ボッシュはヴァンス邸の門に向かう入場路に入り、カメラとインターホンの入っている箱に車を寄せた。ほぼ同時にひとりの声に迎えられた。

「ご用は？」

若い男性の、倦《う》み疲れて傲慢な声だった。ボッシュは車窓から身を乗りだし、おそらくそんなに声を張り上げる必要はないだろうとわかっていたにもかかわらず、声を大きくして話しかけた。

「ヴァンスさんにお会いしにきたハリー・ボッシュです。約束があります」

すぐに目のまえの門が巻き上がりはじめた。

「ドライブウェイ沿いに、警備員詰め所のそばの車寄せまで進んでください」声が告げた。「スローンさんがそこの金属探知機のところで待っています。すべての武器と記録装置をあなたの車のグラブボックスに入れておいてください」

「了解」ボッシュは言った。

「先へどうぞ」

門がすっかり開いており、ボッシュは車でくぐった。玉石敷きのドライブウェイを進み、管理の行き届いたエメラルド色の丘陵を通り抜けると、フェンスで仕切られた第二の関門と、警備員小屋にたどり着いた。ここで採用されている二重のフェンス仕切りは、ボッシュが訪れたことがある大半の刑務所で採用されているのとおなじだった——もちろん、人がなかへ入れないようにするのではなく、外へ出ないようにするという反対の意図によるものだったが。

二番目の門が巻き上がり、制服姿の警備員がブースから出てきて、ボッシュになかへ入り、車寄せまで進むよう合図した。通り過ぎる際にボッシュは片手を振りながら、警備員のネイビーブルーの制服の肩にトライデント・セキュリティの肩章がついているのを心に留めた。

車を停止させると、ボッシュはキーと電話と腕時計とベルトをプラスチックの箱に入れてから、さらにふたりのトライデント社の警備員が見つめるなか、空港スタイルの金属探知機のあいだを通るよう指示された。警備員たちは携帯電話以外のすべてを返却したが、携帯電話だけは車のグラブボックスに残しておくからと説明した。

「だれも皮肉に気づかないのかい？」ボッシュはズボンのベルト穴にベルトを通しながら訊いた。「ほら、ここの一族は金属で財を成した――それなのに、屋敷のなかに入るには金属探知機を通らないといけないんだ」

警備員たちはだれもなにも言わなかった。

「そうか、そんなことを考えるのはおれだけなんだな」ボッシュは言った。

いったんベルトのバックルを締めると、ボッシュは次の段階の保安措置へと通された。スーツ姿の男である。必需品の埋め込み式イヤーパッドとリストマイク、シークレット・サービス然としたするどい眼光。タフガイの見かけを完全なものにするよう頭は剃り上げてあった。男は名乗らなかったが、さきほどインターホンで名前が上げられていたスローンであろう、とボッシュは推測した。男は無言でボッシュに付き添い、壮麗な灰色火山岩の邸宅の配達用出入り口を通らせた。この家は、デュポン家あるいはヴァンダービルト家の邸宅が見せるどんなものにもひけを取らないものだろう、とボッシュは思った。ウィキペディアによれば、六十億ドルの財産をもつ家をボッシュは訪問していた。邸宅に入りながら、ボッシュは、これが自分がいままでに得た機会のなかで、アメリカの王族に会う機会にもっとも近いものになるだろうことに疑問の余地がなかった。

ボッシュはダークウッドの板張りの部屋に案内された。額に入った8×10《エイト・バイ・テン》サイズの写真数十枚が、一方の壁に四列にわたって飾られていた。スーツ姿の案内人はボッシュにカウチの一脚を指し示した。

「お座りください。ヴァンスさまがお会いする用意が整えば、彼の秘書が迎えにきます」

ボッシュは写真の並んでいる壁と向かい合うカウチに座った。

「水をお持ちしましょうか？」スーツ姿の男が言った。

「いや、けっこうだ」ボッシュは言った。

スーツ姿の男はふたりが入ってきた扉の脇に立ち、片方の手で反対の手首を摑み、警戒し、どんな事態にも対処できる姿勢を取った。

ボッシュは待っている時間を利用して写真をじっくり眺めた。写真はホイットニー・ヴァンスの人生と、その過程で出会った人々の記録になっていた。最初の写真は、ハワード・ヒューズと十代の若者が写っていた。若者はたぶんヴァンスだろう、とボッシュは推測した。ふたりは未塗装の飛行機の外板に寄りかかっていた。そこから写真は時系列順に左から右へ並べられているようだった。経済界や政界およびマスコミの無数の有名人といっしょにヴァンスが写っている写真だった。ボッシュはヴァンスがいっしょにポーズを取っている人物の名前を全部はわからないにせよ、リンドン・ジョンソンから、ラリー・キングにいたるまで大半の人物の名前を知っていた。どの写真でも、ヴァンスはおなじ半笑いの表情を浮かべていた。左の口角をまくりあげ、カメラのレンズに向かって、写真を写されるためポーズを取っているのは自分の考えではないと言っているかのようだった。その顔は写真を追うごとに年を取っていき、瞼《まぶた》が垂れていったが、笑みはずっとおなじままだった。

CNNで著名人やニュースの種になる人物のインタビューを永年つづけてきたラリー・キングとヴァンスの写真が二枚あった。最初の一枚では、ヴァンスとキングは、二十年以上キングの撮影セットであると認識できるスタジオでたがいに向かい合って座っていた。ふたりのあいだに置かれた机には、一冊の本がまっすぐ立てて置かれていた。二枚目の写真では、ヴァンスは黄金のペンを使って、キングのため、その本に署名をしていた。ボッシュは立ち上がり、その二枚の写真をもっと詳しく見ようとして壁際まで近づいた。老眼鏡をかけると、一枚目の写真に顔を寄せていき、ヴァンスがラリー・キングの番組で宣伝しようとしている本の書名を読み取ろうとした。

『ステルス——見えなくなる飛行機の製造』ホイットニー・P・ヴァンス

その書名に記憶を喚起され、ホイットニー・ヴァンスが一族の歴史を記したことについて、批評家が書かれた内容より書かれなかったことを批判し、クズ本扱いしたことをボッシュは思いだした。ホイットニーの父、ネルスン・ヴァンスは、現役時代、容赦ない実業家であり、物議をかもす政治的存在だった。けっして証明されなかったものの、優生学——望まざる属性を排除する生殖抑制を通して人類の品種改良をおこなおうとする疑似科学——の支持者である裕福な実業家たちの結社の一員であると言われていた。ナチスが同様の異常な政策を採用して第二次大戦でジェノサイドを実行したのち、ネルスン・ヴァンスのような人々は自分たちの信念と所属先を隠蔽した。

ネルスンの息子の著書は、せいぜいのところ英雄崇拝満載の自費出版にすぎず、否定的な事柄にはいっさい触れられていなかった。ホイットニー・ヴァンスは、その本の出版によって公の注目を浴びる場に引きだされ、省いた事柄についてあれこれ訊かれたことで後年隠遁者になった。

「ボッシュさま？」

ボッシュが写真から振り返ると、部屋の奥の廊下に通じる出入り口にひとりの女性が立っていた。七十歳近い外見で、白髪を頭の上でなんの飾り気もなく束ねていた。

「ヴァンスの秘書のアイダです」女性は言った。「いまからお会いになります」

ボッシュはアイダにつづいて廊下に向かった。都市の一ブロック分はありそうな距離を歩いて、短い階段をのぼり、あらたな廊下に入った。この廊下は、丘陵のより高い斜面に築かれた邸宅の翼《よく》を横切っていた。

「お待たせして申し訳ありません」アイダが言った。

「かまいませんよ」ボッシュは答えた。「写真を見ているのが面白かった」

「長い歴史が写っています」

「確かに」

「ヴァンスはあなたとお会いになるのを楽しみにしています」

「ありがたい。億万長者と会うのははじめてなんだ」

ボッシュの品のない発言で会話が途切れた。金を話題にしたのが、金の記念碑として建設された邸宅では、まったく鈍感で野暮なことであるかのようだった。

ようやくふたりは両開きの扉にたどり着き、アイダに促されて、ボッシュはホイットニー・ヴァンスの執務室に入った。

ボッシュが会いにきた男は、机の向こうに座っていた。トルネードに襲われたあいだシェルターにしても充分なほど大きな暖炉を背にしている。暖炉にはなにも入っていなかった。あまりにも肌の色が白くてラテックスの手袋をしているかのように見える細い手で、ボッシュを手招きした。

ボッシュは机に歩み寄った。ヴァンスはそのまえに一脚だけ置かれている革張りの椅子を指さした。ボッシュと握手するそぶりは見せなかった。腰を下ろすと、ボッシュはヴァンスが車椅子に座っているのに気づいた。左のアームレストには電気制御装置が付随していた。机には一枚の白い用紙を除いて、なにも置かれていなかった。その紙は白紙であるか、あるいはピカピカのダークウッドの天板に裏向けに置かれているかのどちらかだった。

「ヴァンスさん」ボッシュは言った。「お元気ですか?」

「年を取った――それがいまのわたしだ」ヴァンスは言った。「時間を打ち負かそうとしゃかりきに戦ってきたが、世の中にはけっして負かすことのできないものがある。わたしの立場にいる人間には受け入れがたい事実だが、諦めたよ、ボッシュくん」

ヴァンスは骨ばった白い手をさっと動かし、室内にあるものすべてを示すようにした。

「こういうのはみんなもうすぐ意味がなくなってしまうだろう」ヴァンスは言った。

ボッシュはヴァンスが見せようとしたものがある場合に備えて、まわりに視線を走らせた。右側には応接エリアがあり、長くて白いカウチが一脚と、それに合わせた椅子があった。必要ならこの屋敷の主がカウンターの向こうにまわることができるオフィス・バーがあった。二面の壁には絵画がかかっていたが、たんに色を飛び散らしたように見えた。

ボッシュはヴァンスに視線を戻した。老人は、控え室の写真でボッシュが目にしたのとおなじいびつな笑みを返した。左側だけが上向きに曲がっている笑みだ。ヴァンスは満面の笑みを完成させることができなかった。ボッシュが目にした写真によれば、一度もできていなかった。

死と無意味さに関する老人の言葉にどう応じていいのかボッシュにはさっぱりわか

らなかった。そのかわり、クライトンに会って以来、何度も頭のなかで繰り返してきた導入のセリフを発するだけにした。

「さて、ヴァンスさん、あなたはわたしに会いたがっていたそうですね。あなたはわたしをここに来させるためにかなりのお金を払われた。あなたにとってはたいした金額でなくとも、わたしにとってはたいした金額です。わたしはどんなお役に立てるのでしょう？」

ヴァンスは笑みを消し、うなずいた。

「単刀直入な男だ」ヴァンスは言った。「気に入った」

ヴァンスは椅子の制御装置に手を伸ばし、車椅子をさらに机に近づけた。

「きみのことは新聞で読んだ」ヴァンスは言った。「去年だったと思う。あの美容整形医と銃撃戦のあった事件だ。きみはなにがあっても一歩も引かない人間のように思えるんだ、ボッシュくん。上層部はきみに強い圧力を掛けたが、きみはそれに立ち向かった。そういうのがいい。わたしにはそれが必要だ。もうそんな連中は多くない」

「わたしになにをやらせたいんです？」ボッシュは再度訊いた。

「わたしのためにある人を捜してもらいたいのだ」ヴァンスは言った。「けっして存在しなかったかもしれない人間を」

3

依頼内容でボッシュを惑わせてから、ヴァンスは震える左手で机の上の紙をひっくり返し、これ以上話し合うまえに署名してもらわねばならない、とボッシュに告げた。

「秘密保持契約だよ」ヴァンスは説明した。「うちの弁護士の話では、鉄板のように強固なものだという。署名してもらえれば、きみはわれわれの打ち合わせの内容あるいはその結果としての調査の内容について、わたし以外のだれにも明かせないことになる。わたしの従業員にすら明かせないし、わたしの代理としてきみのもとにやってきたと自称するどんな人間にも明かせない。わたしだけだ、ボッシュくん。きみがこの書類に署名すれば、きみはわたしにだけ返事をする。調査でわかるどんなこともわたしにのみ報告するのだ。おわかりか？」

「ええ、理解しました」ボッシュは言った。「署名するのになんの問題もありません」

「けっこう、では。ここにペンがある」

ヴァンスは書類を机の上で滑らし、装飾が施された金のホルダーからペンを手に取り、ボッシュに渡した。万年筆だったが、持ち重りがした。太く、おそらく本物の金で作られているからだろう。ヴァンスがラリー・キングのため、自著に署名をしようとしたのが写っている写真で用いていた筆記用具をボッシュは思いだした。

ボッシュは書類にすばやく目を走らせ、署名をした。万年筆を書類の上に置き、両方とも机の上を滑らせ、ヴァンスのほうへ押しやった。老人は書類を机のひきだしに入れ、閉めた。万年筆を掲げ、ボッシュによく見えるようにする。

「この万年筆は、曾祖父がシエラネバダの金鉱地で一八五二年に探し当てた金で作られている」ヴァンスは言った。「そこでの競争が激しくなって、南へ向かわざるをえなくなるまえのことだ。作りだすには金よりも鉄のほうがたくさんあると気づくまえの話だ」

ヴァンスは手のなかで万年筆を回転させた。

「世代から世代へと譲られてきたものだ」ヴァンスは言った。「大学入学のため、家を離れたときにわたしはこれをもらった」

ヴァンスはまるではじめて見るかのように万年筆をしげしげと眺めた。ボッシュはなにも言わなかった。ヴァンスがなんらかの知的能力の減衰をこうむっており、存在しなかったかもしれない人物を捜させようという老人の願望は、衰えつつある心をなんらかの形で示唆しているのだろうか、とボッシュは思った。

「ヴァンスさん？」ボッシュは問いかけた。

ヴァンスは万年筆をホルダーに戻し、ボッシュを見た。

「わたしにはこれを委ねる人間がだれもいない」ヴァンスは言った。「なんであれ、委ねる相手がいないのだ」

それは事実だった。ボッシュが調べた経歴情報では、ヴァンスは一度も結婚したことがなく、子どももいなかった。ボッシュが読んだサマリーのいくつかでは、遠回しにヴァンスが同性愛者であるとほのめかしていたが、それを証明する情報はいっさいなかった。ほかの評伝の抜粋では、たんに仕事に忙殺されていて、安定した関係を築く暇がなく、ましてや家族を持つ余裕はなかったと示唆していた。短い恋愛関係が二、三記されていた。主に当時のハリウッドの若手女優との浮き名だった——同性愛者であるという臆測を消すためにカメラに写される前提でおこなわれたデートであろう。だが、この四十年間あるいはそれ以上、ヴァンスの恋愛関係を示す情報をボッシュは見つけられなかった。

「子どもはいるのかね、ボッシュくん？」ヴァンスが訊いた。

「娘がひとり」ボッシュは答えた。

「どこにいるんだ？」

「学校に通っています。オレンジ郡のチャップマン大学に」

「いい学校だ。娘さんは映画を専攻しているのかね？」

「心理学です」

ヴァンスは車椅子によりかかり、過去へ思いを向けた。

「若いころ、わたしは映画を学びたかった」ヴァンスは言った。「若者の夢は……」

ヴァンスは言葉を切り、考えつづけた。ボッシュは受け取った金を返さねばならないのではないか、と悟った。これは一種の錯乱状態であり、やるべき仕事はなかった。たとえヴァンスの懐から溢れる極小の雫《しずく》にすぎないとしてもこの男からの支払いを受け取るわけにはいかなかった。ボッシュはたとえ相手がどれほど金持ちであろうと、障害を負った人々から金を受け取ったことはなかった。

ヴァンスは記憶の深淵に向けていた視線を無理矢理はがし、ボッシュを見た。ボッシュの考えを読み取ったかのようにうなずくと、左手で椅子のアームレストを握り、身を乗りだした。

「これがどういうことなのかきみに話さねばならんようだ」ヴァンスは言った。

ボッシュはうなずいた。

「ええ、そうしてくださったほうがいいでしょう」

ヴァンスはうなずき返すと、ふたたび片方が歪んだ笑みを浮かべた。一瞬下を向いてから、ふたたびボッシュを見上げた。縁なし眼鏡の奥で、ヴァンスの目はらんらんと輝いた。

「ずいぶん昔に、わたしはミスを犯した」ヴァンスは言った。「わたしはそれをずっと正さなかった。一度も振り返らなかった。いまになって、わたしは自分に子どもがいるのかどうか突き止めたくなったのだ。黄金の万年筆を託せる子どもを」

ボッシュはしばらくヴァンスをじっと見つめ、相手が先をつづけてくれることを期待した。だが、ヴァンスがふたたび口をひらいたとき、別の思い出が浮かんだかのようだった。

「十八歳だったころ、わたしは父親の仕事に関係することをいっさいやりたくなかった」ヴァンスは言った。「次のオーソン・ウェルズになることのほうに興味があった。飛行機部品ではなく映画を作りたかった。その年頃の若者ならよくあるように、わたしは自信満々だった」

ボッシュは十八歳だった当時の自分のことを考えた。将来を切り拓きたいという願望がヴェトナムのトンネルへと自分を導いた。

「映画を専攻できる学校に執着した」ヴァンスは言った。「一九四九年に南カリフォルニア大学に入学した」

ボッシュはうなずいた。ヴァンスが南カリフォルニア大で一年しか過ごさず、方向を変え、カリフォルニア工大に転入し、一族の王朝を発展させたのは、まえもって読んだ資料で知っていた。どうやらその理由をこれから突き止められそうだとボッシュは思った。

「ひとりの若い女性と出会った」ヴァンスは言った。「メキシコ人の娘だ。で、そのあとすぐ、彼女は妊娠した。それはわたしの身に起こったなかで二番目にひどい出来事だった。いちばんひどい出来事は父に打ち明けたことだ」

ヴァンスは静かになった。目のまえの机に視線を落としている。空欄を埋めるのは難しいことではなかったが、できるだけ多くヴァンスの口からその話の内容を耳にする必要があった。

「なにがあったんです？」ボッシュは訊いた。

「父は人をやった」ヴァンスは言った。「子どもを産まぬよう彼女を説得するための連中だ。その処置をやらせるために彼女をメキシコへ車で送り届ける連中だ」

「彼女はメキシコへ戻ったんですか？」

「戻ったとしても、父の派遣した連中といっしょではなかった。彼女はわたしの人生から姿を消し、わたしは二度とふたたび彼女と会うことはなかった。そしてわたしは臆病のあまり、彼女を見つけようとはしなかった。わたしを操るために必要なあらゆるものを父に渡してしまっていたのだ――情けなさと不面目を被りかねなかったために。彼女の年齢のため、訴追されるかもしれなかったのだ。わたしは言われたままのことをした。カリフォルニア工大へ転入し、それで話は終わりだった」

ヴァンスはまるで自分のためになにかを確認したかのようにうなずいた。

「当時はいまとは事情が異なっていたんだ……わたしにとって、それに彼女にとって」

ヴァンスは顔を起こしていた。今度はしばらくボッシュの視線を捕らえたままにし、やがて先をつづけた。

「だが、いまになり、知りたいのだ。物事のおしまいに近づいたとき、人は昔へ戻りたくなる……」

数拍置いてから、またヴァンスは言った。

「手を貸してくれるだろうか、ボッシュくん?」ヴァンスは訊いた。

ボッシュはうなずいた。ヴァンスの目に浮かぶ痛みは正真正銘のものだとボッシュは信じた。

「ずいぶん昔の話ですが、調べてみることはできます」ボッシュは言った。「いくつか質問し、メモを取ってもかまいませんか?」

「メモを取りたまえ」ヴァンスは言った。「だが、もう一度注意しておくが、この件に関するあらゆることを絶対に秘密にしておかねばならないのだ。人の命が危険にさらされかねない。きみがどんな行動を取ろうと、肩越しに振り返らねばならんぞ。わたしがきみに会いたがった理由を探り、きみがわたしのためにどんなことをするのかを探ろうとする動きがなされるはずだ。あとで話をするが、そのための表向きの話を用意している。とりあえず、質問してくれ」

人の命が危険にさらされかねない。その言葉が胸のなかで跳ね回っている一方で、ボッシュはスーツの上着の内ポケットから小さな手帳を取りだした。ペンも取りだす。ペンはプラスチック製で、黄金製ではなかった。ドラッグストアで買ったものだ。

「人の命が危険にさらされかねない、とあなたはいまおっしゃった。どなたの命です？　その理由は？」

「無知なふりをせんでくれ、ボッシュくん。わたしに会いにくるまえに少々調べ物をしたはずだ。わたしには跡継ぎがいない――少なくとも知られている跡継ぎは。わたしが死ねば、アドヴァンス・エンジニアリングの支配権は、取締役会へ移行する。役員連中は、政府との契約を履行する一方で数百万ドルを自分たちの懐に入れつづけるだろう。合法的な跡継ぎの存在がそれをすべて変えてしまいうる。数十億ドルが危うくなる。人や法人がそのために殺人を犯さないとはきみは思うまい？」

「わたしの経験では、人はどんな理由でも人を殺しますし、まったく理由がなくとも殺します」ボッシュは言った。「あなたに跡継ぎがいることをわたしが突き止めた場合、その跡継ぎを攻撃目標にしたいのですか？」

「選択肢を与えるつもりだ」ヴァンスは言った。「それだけの借りがあると思っている。また、可能な限り跡継ぎを守るつもりだ」

「その女性の名前はなんです？　あなたが妊娠させた娘の」

「ビビアナ・デュアルテ」

ボッシュはその名前を手帳に書き記した。

「ひょっとして彼女の生年月日を覚えていますか？」

「思いだせない」

「彼女は南カリフォルニア大の学生でした?」

「いや、EVKで出会ったんだ。彼女はそこで働いていた」

「EVK?」

「〈エヴリバディズ・キッチン〉という名の学生食堂だ。略して〈EVK〉だ」

ボッシュは学生記録を通してビビアナ・デュアルテの行方を探る見こみが消えたのをすぐに理解した。学生記録はたいていの場合、とても役に立つ。たいていの学校は、卒業生のその後を丹念に追っているからだ。つまり、くだんの女性の捜索は、かなり難しいということであり、見こみ薄と言ってもよかった。

「彼女はメキシコ人だとおっしゃいましたね」ボッシュは言った。「ラテン系の人間という意味ですか? 国籍はアメリカ合衆国だったんですか?」

「わからん。アメリカ市民だったとは思わない。父が――」

ヴァンスは途中で言葉を切った。

「あなたのお父さんがどうしたんです?」ボッシュは訊いた。

「真実かどうかわからんが、父の話では、彼女の計画だったそうだ」ヴァンスは言った。「妊娠することで、わたしが彼女と結婚せざるをえなくなり、それで彼女は市民権を得るというのが。だけど、父は、真実ではないいろんなことをわたしに言ったし、いろんなことを信じていた……常軌を逸したいろんなことを。だから、わたしにはわからないんだ」

ボッシュはネルスン・ヴァンスと優生学について読んだ内容を思い浮かべた。さらに問いかける。

「ひょっとしたら、あなたはビビアナの写真をお持ちじゃないですか？」

「いや」ヴァンスは言った。「写真があったらどれほどいいかと何度思ったことか。そうすればせめてもう一度彼女の姿を見られるのに」

「ビビアナはどこに住んでいたんです？」

「大学のそばだ。数ブロック先だった。歩いて出勤していた」

「住んでいたところの住所を覚えていますか？　通りの名とか？」

「いや、覚えていない。ほんとうに昔のことであり、わたしは頭から追い払おうとして何年も費やした。だけど、正直に言うが、そのあと、だれも本気で愛したことはなかった」

ヴァンスが愛について話したり、ふたりの関係の深さを示す言葉を口にしたりしたのは、それがはじめてだった。人生を振りかえるとき、拡大鏡を使いがちになるというのがボッシュの経験上得た事柄だった。あらゆるものが実際より大きくなり、拡張される。大学時代のちょっとした恋愛関係が記憶のなかでは人生最高の愛になりえた。とはいえ、ヴァンスが口にした出来事のあと、それほど長い歳月が経ったにしては、ヴァンスの浮かべている苦しみは本物に見えた。ボッシュはヴァンスの言葉を信じた。

「そういうことが全部起こるまえにあなたは彼女とどれくらいいっしょにいたんですか？」ボッシュは訊いた。

「最初に出会ったときから最後に彼女の姿を見たときまでの期間は八ヵ月だった」ヴァンスは言った。「八ヵ月間だ」

「妊娠していると言われたのがいつだったか覚えていますか？　つまり、何月だったのか、一年のいつごろだったのか？」

「夏季講習がはじまったあとだった。彼女に会えるとわかっていたので、講習に申しこんだんだ。だから、一九五〇年の六月後半だ。ひょっとしたら七月初旬かもしれない」

「で、その八ヵ月まえに彼女と出会ったというんですね？」

「わたしはまえの年の九月に入学した。すぐに〈ＥＶＫ〉で働いている彼女に気づいた。二ヵ月は、話しかける勇気が出なかった」

老人は机に視線を落とした。

「ほかになにか覚えていることはありますか？　だれかの名前を覚えていますか？」ボッシュは促してみた。「彼女の家族と会ったことはありますか？」

「いや、会わなかった」ヴァンスは言った。「父親がとても厳格な人間だと彼女は言った。彼らはカトリック教徒であり、わたしはちがっていた。つまり、われわれはロミオとジュリエットみたいなものだった。彼女の家族と会ったことはなかったし、彼女もわたしの家族と会ったことはない」

ヴァンスの答えのなかに、ボッシュは捜索の役に立つ可能性のある情報を嗅ぎ取った。

「彼女が通っていた教会を覚えていますか？」

ヴァンスが顔を起こした。目つきが鋭くなっている。

「洗礼を受けたときに教会の名にちなんで名づけられたと言っていた。セントビビアナ教会だ」

ボッシュはうなずいた。もともとのセントビビアナ教会はダウンタウンにあった。ボッシュが働いていたロス市警本部からほんの一ブロックほどの距離にあった。築百年以上経っている教会は、一九九四年の地震で大きな被害を受けた。近くに新しい教会が建てられ、古い建物は市に寄贈され、保存された。確かではなかったが、そこはいまイベントホール兼図書館になっている、とボッシュは思った。だが、ビビアナ・デュアルテと教会の結びつきはいい情報だった。カトリック教会は、生誕と洗礼の記録を取ってあるものだ。このそれなりにいい情報は、ビビアナが南カリフォルニア大の学生ではなかったという悪い情報を打ち消すものだとボッシュは感じた。それに両親が市民であろうとなかろうと、ビビアナが合衆国市民だったかもしれないことを強く示唆するものでもあった。もしビビアナが市民だったら、公的記録を通して足跡をたどるのがずっと容易になるだろう。

「もし月満ちたとしたら、子どもはいつ生まれる予定でした?」ボッシュは訊いた。

それは神経を使う質問だったが、もし記録に分け入って調べるつもりでいるなら、時間の枠を狭める必要があった。

「打ち明けられたとき少なくとも妊娠二ヵ月だったと思う」ヴァンスは言った。「だから、翌年の一月が産み月ではなかったかな。ひょっとしたら二月かもしれない」

ボッシュはそれを書き付けた。

「知り合ったとき彼女は何歳でした?」ボッシュは訊いた。

「会ったとき彼女は十六歳だった」ヴァンスは言った。「わたしは十八歳だった」

それもヴァンスの父親の反発の理由のひとつだった。ビビアナは未成年だった。一九五〇年に十六歳の女性を妊娠させるのは、軽罪ながらも、面目を失わせる法的厄介事にホイットニーを巻きこみかねなかった。

「彼女は高校に通っていたんですか？」ボッシュは訊いた。

ボッシュは南カリフォルニア大周辺の地域を知っていた。高校はマニュアル・アーツ・ハイスクールであるかもしれなかった――それもまた跡をたどれる記録のひとつになりえた。

「仕事をするため、中退したんだ」ヴァンスは言った。「彼女の家族には金が必要だった」

「父親がなにで生計を立てていたか、彼女は話したことがありますか？」ボッシュは訊いた。

「思いだせない」

「いいでしょう。彼女の生年月日に話を戻します。あなたは日付を覚えておられない。ですが、その八ヵ月間の交際期間のあいだに誕生日をいっしょに祝ったことを覚えていませんか？」

ヴァンスは少し考えていたが、やがて首を横に振った。

「いや、誕生日の祝いをした記憶がない」

「では、もしわたしが把握したことが正しいのなら、あなたたちは十月後半から翌年六月まで、ひょっとしたら七月初旬まで付き合っていた。とすれば、彼女の誕生日は七月から十月後半までのどこかであったかもしれません。ざっと言えば」

ヴァンスはうなずいた。誕生日の範囲を四ヵ月間にせばめたのは、記録を調べていく過程のどこかで役立つかもしれなかった。ビビアナ・デュアルテの名前に誕生日をくっつけることができれば、重要な出発点になるだろう。ボッシュはその期間と可能性の高い生年――一九三三年――を書き足した。そののち、顔を起こしてヴァンスを見た。

「あなたの父親が彼女あるいは彼女の家族に金を払って、彼女を追い払ったと思いますか？」ボッシュは訊いた。「だから彼らはなにも言わずに、立ち去ったと？」

「仮に父がそうしたとしても、そのことをわたしにはついぞ言わなかった」ヴァンスは言った。「去っていったのはわたしのほうだ。ずっと悔やみつづけている臆病者の行動だ」

「いまよりまえに彼女を捜してみたことはありますか？　ほかのだれかに金を払った

ことは？」

「いや、残念ながら、捜してみたことはない。ほかのだれかが捜したかどうかは、わたしにはわからない」

「どういう意味でしょう？」

「そのような捜索は、わたしの死の準備の前段階としておこなわれた可能性が充分にあるという意味だ」

ボッシュはしばらくそれについて考えてみた。そののち、書き付けたいくつかのメモを見た。はじめるに足るだけのものは手に入れたと感じた。

「表向きの話は用意していると先ほどおっしゃいましたね？」

「ああ、ジェイムズ・フランクリン・オードリッジ。書き取ってくれ」

「何者ですか？」

「南カリフォルニア大学で同室だった最初のルームメイトだ。前期で退学になっている」

「学業上の理由で？」

「いや、ほかの理由でだ。表向きの話というのはこうだ――わたしはきみに大学時代のルームメイトを捜してほしいと頼んだことにする。ふたりでしでかしたが、ジェイムズがその罪をひっかぶってくれたあることへの償いをしたいからだ、と。そうすることで、きみが当時の記録を調べていても、もっともらしくなるだろう」

ボッシュはうなずいた。

「うまくいくかもしれませんね。それは実話ですか？」

「そうだ」

「あなたたちふたりがなにをしでかしたのか、知っておいたほうがよさそうです」

「ジェイムズを捜しだすためにそのことをきみが知っておく必要はない」

ボッシュは少し待ってみたが、ヴァンスがその件で口にしたのはそれだけだった。オードリッジのスペルをヴァンスに確認してからその名前を書き取り、ボッシュは手帳を閉じた。

「最後の質問です。確率からいって、ビビアナ・デュアルテはもう亡くなっているでしょう。ですが、万が一彼女に子どもがおり、生きている相続人をわたしが見つけたらどうします？　接触したほうがいいでしょうか？」

「いや、断じてならん。わたしに報告するまでいっさい接触はしないでくれ。いかなる接近もおこなわれるまえに確証を得る必要がある」

「ＤＮＡの確証ですか？」

ヴァンスはうなずき、しばらくのあいだボッシュの様子を窺っていたが、やがてふたたび机のひきだしに手を伸ばした。表書きになにも書かれていない白いクッション封筒をなかから取りだす。机の上をボッシュに向かってその封筒を滑らせた。

「きみを信用しているんだ、ボッシュくん。もしきみが望めば老人をだますのに必要な情報を全部きみに渡した。きみはそんなことをしないと信用しとる」

ボッシュは封筒を手に取った。封はされていない。なかを覗きこむと、唾液を採取するのに用いられる綿棒が入った透明な試験管が見えた。ヴァンスのDNAサンプルだ。

「これでは、あなたがわたしをペテンにかけられますよ、ヴァンスさん」

「どうやって？」

「わたしがあなたの口腔《こうこう》を綿棒で拭ったほうがよかったはずです。わたしが自分で唾液を採取したほうが」

「わたしを信用しろ」

「では、あなたもわたしを信用してください」

ヴァンスはうなずいた。ほかになにも言うことはないようだった。

「捜索をはじめるのに必要なものは手に入れたと思います」

「では、きみに訊きたい最後の質問がある、ボッシュくん」

「どうぞ」

「きみに関して書かれた新聞記事を読むかぎりでは触れられていなかったので、興味があるのだ。きみの年齢はちょうどあの時代に合っているようだ。ヴェトナム戦争のときのきみの立場はどうだった？」

ボッシュは一拍置いてから答えた。

「わたしは向こうへいきました」ボッシュは答えた。「二度の勤務期間を過ごしました。たぶん、あなたよりも何度か多く、あなたが製造に力を貸したヘリコプターに乗りましたよ」

ヴァンスはうなずいた。

「たぶんそうだろうな」ヴァンスは言った。

ボッシュは立ち上がった。

「ほかに訊きたいことができたり、見つけたものを報告したくなったときにはどうやって連絡すればいいのでしょう？」

「当然だな」

ヴァンスは机のひきだしを開け、一枚の名刺を取りだした。震える手でそれをボッシュに手渡す。そこには電話番号が印刷されていた。それ以外はなにも書かれていない。

「その番号にかけてくれれば、わたしに繋がる。もしわたしが出なければ、なにかまずい事態が起こったのだ。ほかのだれかが出たとしてもいっさい信用するな」

ボッシュは名刺の電話番号から視線を外し、ヴァンスを見た。車椅子に座り、張り子の紙のような皺《しわ》だらけの皮膚とまばらな頭髪のせいで、枯れ葉のように脆《もろ》そうに見えた。ヴァンスの警告は偏執的な考えからくるものか、彼が求めようとする情報に現実的な危険が存在するのか、どちらなのだろう、とボッシュは思った。

「あなたは危険な立場にあるんですか、ヴァンスさん？」ボッシュは訊いた。

「わたしの立場にある人間はいつだって危険なんだよ」ヴァンスは言った。

ボッシュは名刺のくっきりした縁を親指でなぞった。

「それほど時間がかからぬうちに戻ってきます」ボッシュは言った。

「まだきみの仕事の報酬について話し合っておらん」ヴァンスは言った。

「着手するのに充分な額を払っていただきました。どうなるか見守ってください」

「あの支払いはきみにここに来てもらうためだけのものだ」

「まあ、それはうまくいったし、充分以上の金額でしたよ、ヴァンスさん。自分で帰り道を見つけたらいいですか？　それとも警報器を鳴らしたほうがいいですか？」

「きみがこの部屋を出たらすぐ、連中にそれがわかり、迎えにやってくる」

ヴァンスはボッシュの顔に浮かんだ当惑に気づいた。

「ここはこの屋敷のなかで監視カメラに見張られていない唯一の部屋なのだ」ヴァンスは説明した。「わたしの寝室ですら、わたしを見張るためのカメラが設置されている。だが、ここではプライバシーが必要だと主張したのだ。きみが出ていけばすぐに連中がやってくる」

ボッシュはうなずいた。

「わかりました」ボッシュは言った。「すぐにご連絡します」

ボッシュは扉から出て、廊下を元に戻りはじめた。たちまちスーツ姿の例の男に出くわした。男はなにも言わずに屋敷内を通って、車までボッシュに付き添った。

4

未解決事件に取り組むことでボッシュは時間旅行の達人になった。人を見つけるためどうやって過去に遡ればいいのかを心得ていた。一九五一年に遡るのは、これまでやってきたなかでもっとも遠くかつ困難な旅になるだろうが、自分にはそれが務まると信じており、その難事に挑むことにわくわくした。

出発点は、ビビアナ・デュアルテの生年月日を調べることだった。それを成し遂げるための最善の方法を自分は知っているとボッシュは思っていた。ヴァンスとの面談のあと自宅に戻る代わりに、ボッシュはフリーウェイ210号線を通って、ヴァレー地区の北縁を横切り、サンフェルナンド市へ向かった。

広さ約六平方キロメートルのサンフェルナンド市は、大都市ロサンジェルスのなかにある、孤島のようにポツンと存在している市だった。百年まえ、サンフェルナンド・ヴァレー地区を構成している小規模な市町村は、ひとつの理由でロサンジェルスと合併した——あらたに建設されたロサンジェルス送水路が、干魃《かんばつ》や風害から豊かな農場を救ってくれる豊富な水資源をもたらしたからだ。ひとつずつ市町村が加わっていき、ロサンジェルスは大きくなり、北へ広がり、最終的にその地域全体を呑みこんだ。ヴァレー地区の名前を持つ、六平方キロメートルのサンフェルナンド市を唯一の例外として。この小さな街は、ＬＡの水を必要としていなかった。地下水の供給量は、充分以上にあった。まわりを囲んでいる大都市の申し出を回避し、独立を保っていた。百年後もそのままだった。ヴァレー地区の農業の伝統は、ずいぶん昔に都市のスプロール化と荒廃に取って変わられて久しかったが、サンフェルナンド市は小規模な街の風情をいまに保つ変わり者に留まっていた。むろん、都市の問題や犯罪は避けがたいものであったが、小さな市警察が処理できないものはなにもなかった。

すなわち、二〇〇八年の財政破綻までは。銀行危機が起こり、世界中で経済が縮小し、下向きの螺旋《らせん》を描くと、経済的な痛みの波がサンフェルナンドを襲うまでほんの数年しかかからなかった。深刻な予算削減がおこなわれ、繰り返された。アンソニー・バルデス市警本部長は、二〇一〇年には自身を含め四十名の正規警察官がいたのに、二〇一六年には三十名に減らさざるをえなかった。五名の捜査員からなる刑事部をたった二名にまで削減した——一名は、窃盗犯罪担当で、もう一名は対人犯罪担当だった。事件が未解決のまま積み上がりはじめたのをバルデスは目の当たりにした。なかには十全で正しい初期捜査すらされない事件もあった。

バルデスは生まれも育ちもサンフェルナンドだったが、ロス市警で警官として経験を積み、二十年間勤め上げ、年金を得て、退職するまえには警部の役職まで昇進し、故郷の街の警察のトップに座った。周囲を囲んでいるより大きな市警とバルデスのコネはとても強く、予算危機に対する彼の解決策は、サンフェルナンド市警の予備警官プログラムを拡張し、無給だが非常勤で働いてくれる警察官の数を増やすことだった。

そしてその拡張策がバルデス本部長をハリー・ボッシュに繋げた。バルデスがロス市警に勤めた当時の初期の配属先がハリウッド分署のギャング制圧課だった。そこでバルデスはパウンズという名の警部補と衝突した。パウンズは内部告発をし、バルデスを降格あるいは馘首《かくしゅ》させようとすらしたがうまくいかなかった。

バルデスは降格も馘首も回避したが、数ヵ月後、ボッシュという名の刑事がパウンズと揉め、最終的にハリウッド分署の窓にパウンズを叩きつけ、板ガラスを突き破らせた話を耳にした。バルデスはその刑事の名前をずっと忘れずにいて、後年、いまや引退したハリー・ボッシュが、未解決事件班の仕事を不当に取り上げたとしてロス市警を訴えている話を読んだのち、電話を手に取った。

バルデスはボッシュに小切手を提供できなかったが、ボッシュが高く評価しているものを提供できた――刑事のバッジと、小さな都市の未解決事件の資料すべてへのアクセス権だ。サンフェルナンド市警予備課は、たった三つの要件しか求めなかった。同課の警官は、法執行機関職員としての州の訓練基準を充たさねばならず、月に一度、市警の射撃訓練場で技倆試験に通らねばならず、少なくとも月に二度勤務しなければならない。

それはボッシュには容易な条件だった。ロス市警はもはやボッシュを欲してもいなければ、必要ともしていないが、ヴァレー地区のこの小さな街はまったくそうではなかった。そしてやらねばならない任務があり、正義が果たされるのを待っている被害者がいた。ボッシュは打診があった瞬間にその仕事を引き受けた。その仕事がボッシュの生涯の任務を続けさせてくれるとわかった。また、そのために小切手は不要だった。

ボッシュは楽々と予備警官の必要条件に適合し、凌駕した。ともあれ週に二度刑事部屋へ出勤しないことはめったになく、ましてや月に二度しか出てこないなんてことはなかった。あまりに頻繁に刑事部屋にいるもので、予算払底で刑事部が縮小された際に空きっぱなしになった間仕切り区画のひとつを恒久的に割り当てられた。

たいていの日、ボッシュはその間仕切り区画で仕事をするか、警察署のあるファースト・ストリートの向かいに鎮座する市の古い刑務所で働いた。刑務所には、資料保管理室として再利用されている囚房があった。元の虎箱は、数十年まえに遡る未解決事件のファイルが保管されている書棚が三列分並んでいた。

　殺人事件を除くすべての犯罪に時効が設定されていることから、それらの事件の大多数は、未解決のままか、あるいは吟味すらされないだろう。この小都市では、殺人事件は多くなかったが、ボッシュは律儀にそれらを調べ、古い証拠に新しいテクノロジーを適用する方法を探した。ボッシュは、また、時効がまだ来ていないすべての性的暴行事件と、死者が出なかった発砲事件、大きな外傷に繋がった暴行事件の見直しに取りくんだ。

　その仕事には裁量の余地が多くあった。ボッシュは自分で勤務時間を定めることができ、もし私立探偵の仕事がもたらされれば、いつでも勤務を切り上げることができた。バルデス本部長は、自分のために働いてくれるボッシュのような経験豊富な刑事を手に入れたのは幸運だとわかっており、ボッシュがその能力を有料の仕事に適用するのをけっして邪魔しないようにしていた。ただ、両者の仕事はけっして混同することができない点だけをボッシュに念押ししていた。ボッシュは私立探偵としての調査を容易にしたり、うまく進めたりするためにサンフェルナンド市警警官としてのバッジや情報アクセス権を使うことはできなかった。そんなことをするのは罷免相当の違反行為とみなされるだろう。

5

殺人事件に境界あるいは市の境は関係ない。ボッシュが見直し、追及した事件の大半はロス市警の縄張りに踏みこむことになった。大都市のふたつの市警分署がサンフエルナンド市警と管轄範囲の境界を接していた——西はミッション分署、東はフットヒル分署である。四ヵ月間でボッシュは未解決のギャング殺人事件二件を解決した——条痕検査を通じて、ロスでの殺人事件と結びつけた。犯人たちはすでに刑務所に入っていた。そして三件目の殺人事件を、すでにより大きな市警、すなわちロス市警によって殺人容疑で捜索中のふたりの容疑者と結びつけた。

加えて、ボッシュはMO——犯行手口《モウダス・アペランディ》——とDNAを利用して、過去四年間にサンフエルナンドで発生した四件の性的暴行事件を同一犯のものとして結びつけ、犯人がロサンジェルスでのレイプ事件にも関与しているかどうか見定めている過程にあった。

パサディナから210号線を進んでいると、ボッシュは尾行の有無を確認できた。

昼ごろの交通量は少なく、制限速度より八キロ遅く走るのと、二十四キロ速く走るのを交互に繰り返すことで、ミラー越しにおなじパターンで加減速する車の有無を確かめることができた。調査の秘匿性に関するホイットニー・ヴァンスの懸念をどれほど真剣に受け取っていいのか、ボッシュにはわからなかったが、尾行に警戒するのはたいしたことではなかった。ボッシュの車のうしろを走るほかの車両はなかった。もちろん、ヴァンスの邸宅で本人と会っているあいだか、あるいは前日ＵＳバンク・タワーでクライトンに会っているあいだに車にＧＰＳ発信装置を取り付けられている可能性があるのはわかっていた。あとでそれを調べる必要があるだろう。

十五分後、ボッシュはヴァレー地区の峰を越え、ＬＡに戻った。マクレー・ストリートの出口を選び、サンフェルナンドへ降り、ファースト・ストリートに入った。サンフェルナンド市警察署は、白漆喰《しっくい》の塗り壁と赤い筒瓦の屋根からなる平屋の建物だった。この小都市の人口の九十パーセントはラテン系で、市の行政庁舎群はすべて、メキシコ文化への配慮に基づいて設計されていた。

ボッシュは従業員用駐車場に車を停めると、電子キーで、通用口から署に入った。書類作成室の窓越しにふたりの制服警官にうなずくと、奥の廊下を通って、本部長室のまえを通り、刑事部屋へ向かった。

「ハリー？」

ボッシュは振り返り、ドア越しに本部長室を見た。バルデスが机の向こうに座っており、ボッシュを手招きしていた。

ボッシュは室内に入った。ロス市警本部長の続き部屋オフィスほど大きくはなかったが、落ち着いた雰囲気の部屋で、非公式な話し合い用のシッティング・エリアが備わっていた。天井からは白黒ツートンカラーのおもちゃのヘリコプターが吊るされていた。ボディーにはＳＦＰＤ《サンフェルナンド市警》の文字が書かれていた。ボッシュがこのオフィスにはじめて入ったとき、これがうちの市警ヘリコプターだ、とバルデスは説明した——市には自前のヘリがなく、必要が生じた場合はロス市警に空中支援を要請せねばならないという事実を冗談めかして言ったものだった。

「調子はどうだね？」バルデスが訊いた。

「不満はないです」ボッシュは言った。

「まあ、われわれはきみがここでやってくれていることにたいへん感謝しているよ。〈網戸切り《スクリーン・カッター》〉の件でなにか進展はあるかい？」

それはボッシュが同一犯のものとみなした連続婦女暴行事件のことだった。

「電子メールへの返事を確認しようとしているところです。そのあと、次の動きについてベラと話をします」

「費用支払いを承認した際にプロファイラーの報告書を読んだ。読み応えがあった。こいつを逮捕しなければならん」

「取り組んでいます」

「頼むぞ。引き留めて悪かったな」

「どういたしまして、本部長」

ボッシュは一瞬、ヘリコプターに視線をやってから、オフィスをあとにした。刑事部屋は廊下をほんの少し進んだところにある。ロス市警と比べると、あるいはどこの標準的な警察と比べても、きわめて小さな規模だった。かつてはふたつの部屋で構成されていたが、一部屋はロサンジェルス郡検屍局に、ふたりの検屍員が勤務する支局として又貸しされた。いまでは、三名の刑事用間仕切り区画と、クローゼット・サイズの上司用オフィスがひとつの部屋に押しこまれていた。

ボッシュの区画は、三面を高さ一・五メートルの間仕切りで区切られており、プライバシーを確保できていた。だが、残り一面は刑事部責任者オフィスのドアに直面していた。その役職は本来常勤の警部補に割り当てられるものだったが、予算縮小以来、空席になっており、目下の刑事部責任者は市警唯一の警部が務めていた。警部の名前はトレヴィーノで、彼はいまのところ、ボッシュが市警内にいて、事件を扱っているのをいいことだと確信しているわけではなかった。無給で何時間も働いているボッシュの動機に疑念を抱いており、慎重にボッシュを監視しつづけていた。ボッシュにとって、この望ましくない関心を唯一軽減してくれるのは、小規模な官庁によくあるように、トレヴィーノが市警内の複数の責任者を兼任していることだった。彼は刑事部の責任者であると同時に、市警内務のトップでもあった。そこには通信センターや室内射撃訓練場、通りの向かいにある老朽化した施設にとってかわって建設された十六囚房の拘置所の監督も含まれていた。これらの責務のせいで、トレヴィーノは頻繁に刑事部屋を離れ、ボッシュの背中から遠ざかっていた。

ボッシュが刑事部屋に入って郵便物の確認をしたところ、今月の射撃訓練場での技倆試験の締め切りを過ぎているという通達が見つかった。自分の間仕切り区画に移動し、机をまえにして椅子に腰掛けた。

途中、ボッシュはトレヴィーノのドアが閉まっており、ドアの上の明かり採り窓のガラスが暗かったのを目に留めた。警部は建物の別の場所にいて、ほかの任務のひとつを遂行している可能性が高かった。トレヴィーノの疑念と歓迎する意思の欠如の訳をボッシュは理解していると思った。ボッシュが事件解決に成功すれば、トレヴィーノの過去の職務の失敗と見なされうる。結局のところ、刑事部は目下トレヴィーノの支配領域なのだ。そしてかつてボッシュがロス市警時代の上司を投げ飛ばして板ガラス窓を突き破らせたことがあるという噂が流れると、状況が悪化した。

とはいえ、ボッシュの採用に関してトレヴィーノができることはなにもなかった。ボッシュは人員削減を克服するための市警本部長の骨折りの一環だったからだ。

ボッシュはコンピュータ端末の電源を入れ、立ち上がるのを待った。出勤したのは四日ぶりだった。市警のボウリング親睦会のチラシが机に置かれていたが、すぐにボッシュはその紙を机の下にあるリサイクル籠に移行させた。この新しい警察でともに働いている連中を気に入っていたが、ボウリングは得意ではなかった。

鍵を使って机のファイル・キャビネットを開け、ボッシュはいまとりくんでいる未解決事件の資料が入っている数冊のフォルダーを取りだし、サンフェルナンド市警の仕事に取り組んでいるように見えるよう机の上に広げた。〈網戸切り〉のフォルダーに手を伸ばそうとすると、そこにないと気づいた。ひきだしの異なる場所に入っていた。不明の被疑者のあだ名〝網戸切り〟の名前ではなく、最初の被害者の名前のところに間違ってファイルされていた。それはただちにボッシュを警戒させ、困惑させた。自分がその事件を間違ってファイルするはずがなかった。警察官としてのキャリアを通じて、ボッシュは細心の注意を払って事件ファイルを管理してきた。ファイル――たとえそれが殺人事件調書であれ、マニラフォルダーであれ――は、つねに事件の中心であり、かならず丁寧かつ入念にまとめて、安全に保管されなければならないものだった。

ボッシュは当該フォルダーを机に置き、合い鍵を持っている何者かが自分のファイルを読み、仕事内容を確かめようとしているのかもしれないと考えた。そして、そんなことをする可能性がある人物にはっきりと心当たりがあった。気を取り直し、ファイルをすべてひきだしに戻すと、閉め、鍵をかけた。侵入者をあぶりだす計略が浮かんだ。

背を伸ばし、間仕切り越しに視線を走らせ、ほかの刑事の区画が両方とも無人であることを確認した。対人犯罪捜査員のベラ・ルルデスと、窃盗犯罪を担当しているダニー・シストは、通報に対応して現場に出ているのだろう。ふたりはよくいっしょに出かけて、現場対応していた。

いったん市警のコンピュータ・システムにログインすると、ボッシュは法執行機関データベースをひらいた。手帳を取りだし、ビビアナ・デュアルテの検索をはじめた。市警本部長から課されたルールのひとつを破っているのは承知の上だった――私立探偵の調査に役立てるためサンフェルナンド市警のアクセス権を利用してはならない。それがサンフェルナンド市警を罷免されるに足る違反行為であるだけでなく、警察の捜査に関係のない情報を得るため法執行機関のデータベースにアクセスするのはカリフォルニア州では犯罪だった。もしトレヴィーノがボッシュのコンピュータ使用状況をチェックしようと決心すれば、困ったことになるだろう。だが、そんなことは起こらないだろうとボッシュは踏んでいた。もしボッシュを攻撃しようとすれば、本部長を攻撃するのとおなじことになり、それは自分のキャリアを台無しにする可能性が高いとトレヴィーノはわかっているはずだった。

ビビアナ・デュアルテの検索はすぐ終わった。カリフォルニア州で運転免許証を取得した記録はなく、犯歴もなく、駐車違反の切符を切られたことすらなかった。むろん、デジタル・データベースは検索時期を遡れば遡るほど不完全なものになっていくが、経験から、ボッシュは、入力した名前に関する言及をいっさい見つけられないのはまれだとわかっていた。すなわち、その事実は、デュアルテは不法滞在者であり、妊娠後、一九五〇年にメキシコに帰国した可能性が高いことを裏付けていた。当時、カリフォルニア州での堕胎は法律違反だった。デュアルテは出産のため、あるいはティファナのモグリのクリニックで妊娠を終わらせるため、国境を越えたかもしれない。

ボッシュが当時の堕胎に関する法律を知っているのは、自分が未婚の女性の子どもとして一九五〇年に生まれ、警官になってすぐ、母が直面し、選択したことをよりよく理解できるようその法律を調べたからだった。

ボッシュが詳しくないのは、一九五〇年のカリフォルニア州刑法だった。次にそれにアクセスし、性的暴行に関する当時の法律を調べた。一九五〇年には、刑法二百六十一条で、十八歳未満の女性との性交渉は、起訴相当の性的暴行と見なされているのがたちまち判明した。同意に基づく性交渉は訴追除外項目として規定されていなかった。唯一の除外項目は、当該女性が加害者の妻だった場合だった。

妊娠は市民権と金銭をもたらすことになる婚姻を強引に進めるためにデュアルテが仕掛けた罠だとヴァンスの父親が思った点についてボッシュは考えた。その場合だったら、刑法がデュアルテに確実な力を与えるだろう。だが、カリフォルニア州にはデュアルテに関する公的記録がまったく存在していないことから、その線は薄いように思えた。デュアルテは妊娠を武器にするかわりに姿を消し、おそらくはメキシコに戻ったのだ。

ボッシュは画面を切り換え、州交通車両局のデータベース入力画面に戻り、ヴァンスから聞いた辻褄合わせの作り話のための名前〝ジェイムズ・フランクリン・オードリッジ〟を入力した。

その結果が現れるまえにトレヴィーノ警部が刑事部屋に入ってくるのが見えた。〈スターバックス〉のコーヒーカップを手にしている。数ブロック先のトルーマン・ストリートにその店があるのをボッシュは知っていた。市警でのコンピュータ作業に休憩を挟む際に、ボッシュ自身そこまで歩いていくことがあった。目を休めるだけでなく、大学のキャンパス近くのさまざまなコーヒーショップで定期的に娘と会うようになって以来、最近募らせてきた、アイスラテへの嗜好を満足させるためでもあった。

「ハリー、きょうはどうしてやってきたんだ？」トレヴィーノが訊いた。

警部はいつも心をこめ、ファーストネームで呼びかけてボッシュに挨拶していた。

「近くにきていたんです」ボッシュは言った。「電子メールをチェックし、〈網戸切り〉に関する警戒勧告をさらに出しておこうと考えて」

そう言いながら、ボッシュは交通車両局の画面を消し、市警から与えられた電子メール・アカウントの画面をひらいた。トレヴィーノは自分のオフィスのドアのところへいき、鍵を開けたが、ボッシュは振り返らなかった。

ドアがひらく音が聞こえたが、ボッシュは間仕切り区画にいる自分の背後にトレヴィーノの気配を感じた。

「近くだって？」トレヴィーノが言った。「はるばるこの近くまで？　スーツ姿でか！」

「まあ、実を言うと、人に会うためパサディナに出かけていたので、フットヒル・フリーウェイを使ってここまで来たんです」ボッシュは言った。「メールを何本か打ってから、出ていこうと思っただけですよ」

「きみの名前は出退勤ボードに記録されていないぞ、ハリー。勤務時間に認められるには、出勤を記録しないと」

「すみません、少ししたら出ていくつもりだったんです。それに累計勤務時間の心配はしていません。先週だけで二十四時間出ていますから」

刑事部屋の入り口には出退勤ボードがあり、ボッシュは出退勤を記録するよう指示を受けていた。トレヴィーノがその時間を記録して、ボッシュが予備警官として必要とされる最低出勤時間を充たしていることを確認するためだった。

「だとしても、出退勤の記録をつけてもらいたい」トレヴィーノは言った。

「了解です、警部」ボッシュは言った。

「けっこう」

「ところで……」

ボッシュは手を伸ばし、ファイル・キャビネットを拳《こぶし》で軽く叩いた。「鍵を忘れてしまって」ボッシュは言った。「こいつを開けられる鍵をお持ちじゃないですか？　ファイルが必要なんです」

「いや、鍵はない。ガルシアは一本しか返却しなかった。ドックワイラーから引き継いだのはその一本だけだと言っていた」

ガルシアというのがいま自分が使っている机を最後に使っていた刑事であり、それをドックワイラーから引き継いだことをボッシュは知っていた。ふたりとも予算削減の犠牲者だった。ふたりともレイオフされたのち、法執行機関職員をつづけなかったことを市警内の噂話で耳にしていた。ガルシアは学校の教師になり、ドックワイラーは条例執行機関のなかで空きがあった公共事業部へ配置換えになることで、市の小切手と年金を失わずに済んだ。

「このあたりでほかにだれか鍵を持っていそうな人間はいませんか？」ボッシュは訊いた。

「知るかぎりではおらんな」トレヴィーノが答える。「ピッキング道具で開けてみたらいいじゃないか、ハリー？　それを使うのが得意だと聞いているぞ」

ピッキング道具を用いた解錠方法を知っているのだから、さぞかし暗黒魔法に長《た》けているのだろうといわんばかりの口調でトレヴィーノは言った。

「ええ、やってみるかもしれません」ボッシュは言った。「その提案に感謝します」

トレヴィーノは自分のオフィスに入り、ボッシュはドアが閉ざされる音を耳にした。無くなった鍵についてドックワイラーに確かめること、と心のなかにメモった。トレヴィーノがひそかにファイルをチェックしていることを証明する方向へ動くまえに元刑事が鍵を持っていないことを確かめたかった。

ボッシュは交通車両局のポータルサイトを再度ひらき、オードリッジの名前を検索した。すぐにオードリッジが一九四八年から二〇〇二年まで運転免許証を所持していた履歴が出てきた。二〇〇二年に免許証所有者はフロリダへ引っ越し、カリフォルニア州発行の免許証を返納していた。ボッシュはオードリッジの生年月日を書き取り、フロリダの交通車両局のデータベースで姓名とともに生年月日を入力した。その結果、オードリッジが八十歳で免許証をフロリダで返納しているのがわかった。記載されている最後の住所は、〈ザ・ヴィレッジ〉と呼ばれている場所だった。

その情報を書き取ってから、ボッシュはウェブサイトを調べ、〈ザ・ヴィレッジ〉がフロリダ州サムター郡にある大規模な高齢者向けコミュニティだとわかった。オンライン記録をさらに調べていき、オードリッジの住所を見つけたが、死亡記録や死亡記事を示すものは見つからなかった。もはや運転できなくなったのか、運転する必要がなくなったので運転免許証を返納したらしかったが、ジェイムズ・フランクリン・オードリッジはまだ存命中のようだった。

オードリッジが南カリフォルニア大学を放校になったと思しき出来事に興味をそそられ、ボッシュは次に犯罪データベースでその名前を検索し、きょう限りで首になってもおかしくない行為をさらに重ねた。オードリッジは一九八六年に飲酒運転での逮捕記録があったがそれだけだった。大学一年生の当時なにがあったにせよ、ボッシュには謎のままだった。

それなりに信憑性《しんぴょうせい》のある作り話にするために必要な情報としてその名前を充分調べたことに得心すると、ボッシュは〈網戸切り〉事件に関して積み上がってきた電子メールを調べることにした。サンフェルナンド市警の一員に加わって以来、大半の時間を費やしてきた捜査がそれだった。ボッシュはロス市警に勤務していた当時、連続殺人事件に取り組んでおり、仮にすべてではなくとも大半の事件が性的要素を含んでおり、そのテリトリーはボッシュには新しいものではなかった。だが、〈網戸切り〉事件は、ボッシュがこれまでに出会った事件のなかで非常に困惑させられるものだった。

6

〈網戸切り〉というのは、サンフェルナンド市警の未解決性的暴行事件報告書のなかにボッシュが割りだした連続婦女暴行犯に対する事件名だった。元の市拘置所に保管された事件ファイルに目を通していて、ボッシュは犯行手口から関連していると思われるものの、それまでは関係があると目されていなかった二〇一二年以降に発生した四件の事件を見つけた。

それらの事件は、五つの疑わしい行動を共有しており、それ自体は異例なことではなかったものの、全体として見れば、ひとりの犯人が犯行に及んでいる強い可能性を示唆していた。個々の事件で、レイプ犯は被害者の自宅に、網戸を外すのではなく、網戸を切ってから裏口の扉あるいは窓から侵入している。四件の暴行は日中、正午の前後五十分以内におこなわれていた。レイプ犯は、被害者に着衣を脱ぐよう命じるのではなく、ナイフで服を切り裂いていた。個々の事件で、レイプ犯は覆面をかぶっていた――二件ではスキー帽を、三件目では『エルム街の悪夢』の主人公フレディ・クルーガーを模したハローウィン用マスクを、四件目ではメキシコのルチャリブレのレスリング・マスクをかぶっていた。最後に、レイプ犯はみずからのDNAを残さないようにするためのコンドームやほかの手段を使用していなかった。

こうした共通項目を手に入れて、ボッシュは四つの事件の捜査に集中し、ほどなくして、容疑者の精液が四つの事件のうち三件でレイプ・キットこと強姦事件証拠採取キットで採取されていたのだが、たった一件のみが実際にロサンジェルス郡保安官事務所の犯罪ラボで分析され、州と全米DNAデータベースに照合のため委ねられ、該当者無しという結果になったことを知った。直近二件の分析は、検査のため郡のラボに委ねられているレイプ・キットの未処理分のせいで、遅れた。四つめの事件、実際には最初に通報されたレイプ事件だったのだが、レイプ・キットは回収されたものの、レイプ犯のDNAは、ヴァギナの拭き取り採取《スワップ》では発見されなかった。被害者が暴行を通報するため、警察に連絡するまえにシャワーを浴び、膣洗浄をおこなったためだった。

郡保安官事務所のラボとロス市警のラボは、カリフォルニア州立大学ロサンジェルス校のおなじ建物を共有しており、ボッシュは、未解決事件班だった時代のコネを利用して、直近二件の事件の早急な分析を促した。それぞれの事件を確実に結びつけるだろうとボッシュが思っている結果が出るのを待っているあいだに、被害者との追加聴取の要求をはじめた。被害者全員――二十代の女性三名と現在十七歳の女性一名――が刑事たちとの聴取に同意した。事件のうち二件については、ボッシュは質問をベラ・ルルデスに委ねざるをえないだろうと考えた。当該被害者たちはスペイン語での聴取のほうを望んでいると特筆されていたからだ。市民の十人中九人がラテン系で、英語の運用能力がさまざまである都市で事件に取り組む際、ボッシュにとっての不利な点がそれだった。ボッシュはスペイン語をそこそこ話せたが、犯罪被害者との事情聴取のような繊細なニュアンスが重要である可能性が高い場面では、第一言語としてスペイン語を理解しているルルデスが必要だった。

個々の聴取に、ボッシュは、凶悪犯罪捜査を担当しているロス市警捜査員が使用している被害者質問票を持参した。犯人の関心を惹起した可能性のある被害者の定常行動を突き止めるのに役立つよう設計された質問が九ページにわたって並んでいるものだ。その質問票は連続事件捜査において有効であり、とりわけ犯人のプロファイリングに役立つもので、ボッシュは友人であるハリウッド分署性犯罪捜査員からコピーを入手していた。

質問票はあらたな事情聴取として形を変え、そこから現れた事件内容は、等しくひどく、恐ろしいものだった。まちがいなく第三者によるレイプがおこなわれ、その犯行は、事件発生後四年という長いあいだ、被害女性たちを精神的かつ肉体的に恢復させずにきた。彼女たちはいずれも犯人が戻ってきはしないかと怖れながら暮らしており、だれもかつては抱いていた自信を取り戻せずにいた。女性たちのひとりは結婚しており、事件当時、子どもを宿そうとしていた。事件が結婚生活の事情を変えてしまい、追加聴取をおこなった時期、当該夫婦は離婚手続きのただなかにいた。

聴取が終わるたびにボッシュは憂鬱な気分に陥り、自分の娘について、そしてその手の犯行が身に降りかかった場合、娘にもたらされるであろう衝撃について考えずにはいられなかった。毎回、聴取が終わってから一時間もしないうちに、ボッシュは娘が無事で大丈夫であることを確認するため、電話をかけた。電話をする真の理由を娘には言えずにいた。

だが、追加聴取は、被害者たちの傷をあらたにひらく以上の成果をもたらした。捜査の焦点を絞るのに役立ち、〈網戸切り〉の正体を突き止め、逮捕するのが喫緊の課題であることを明白にした。

ボッシュとルルデスはそれぞれの被害者とざっくばらんに話し合うというアプロー

チ方法を採用し、市警ではこの事件を優先的に現在も捜査中であると請け合うことで聴取をはじめた。

ふたりの刑事は事件発生の時系列順に聴取予定を立てた。最初の被害女性は、DNA物証を採取できなかった相手だった。女性は暴行されたあと、妊娠するのを怖れて、ただちにシャワーを浴び、膣洗浄をおこなったと事件のはじめの報告書には説明されていた。彼女と当時の夫は、子作り中で、襲われた日が排卵周期のなかでもっとも妊娠しやすい時期でもあったことを被害女性は知っていた。

事件からほぼ四年経っていても心理的外傷は消えずに残っていたが、被害女性は対処メカニズムによって、彼女の人生最悪の一時間に起こったことを以前よりも率直に話せるようになっていた。

暴行を詳細に語り、生理中だからと嘘をついて犯人にレイプを思いとどまらせようとしたことを明らかにした。彼女は相手の男が「いや、ちがう。おまえの亭主は、おまえとファックして、子どもを作るため、早めに帰宅することになっているだろ」と答えたとボッシュとルルデスに話した。

これはあらたな情報であり、それによって捜査員たちは質問をいったん止めた。その日、夫が働いていた銀行から早めに帰宅する予定になっていたのはまちがいない、と女性は証言した。妊娠に繋がるのを期待して、愛を交わす夜が持てるように。問題は、どうして〈網戸切り〉はそれを知っていたのかだ？

ルルデスの質問で、被害女性は、自分の生理周期を追い、月のうち、排卵時期と妊娠可能性のもっとも高い日を教えてくれるアプリを携帯電話に入れていたことを明らかにした。その情報を冷蔵庫の扉に貼ってあるカレンダーに書き写すのが当時の彼女の習慣だった。毎月、彼女は夫にその日の重要性を念押しするため、その日を赤いハートマークと、〝ベイビー・タイム！〟の文言で飾るようにしていたという。

暴行当日、被害女性は近所に犬の散歩に出かけ、自宅を十五分ほど留守にした。携帯電話を持参していた。〈網戸切り〉は家のなかに侵入を果たしており、彼女が戻ったときに待ち構えていた。ナイフを突きつけて、犬をバスルームに閉じこめたのち、彼女を寝室に連れこみ、そこで暴行がはじまった。

犬を散歩させていた十五分間で、〈網戸切り〉が家屋に侵入し、冷蔵庫のカレンダーを見、被害者と被害者の夫がその日計画していたことを知っていると被害者に告げることができるほどカレンダーの印の意味を理解するのは可能だろうか、とボッシュは疑問に思った。

ボッシュとルルデスはそれについて話し合い、ふたりともレイプ犯が以前にその家に入ったことがある可能性のほうが大きいと感じた。被害者をストーキングしていたからか、あるいは犯人が家族の友人か親戚か修理の人間、はたまたほかの用事でそこに来たことがある人間だからか。

その説は、ほかの被害者の聴取をおこない、〈網戸切り〉の犯行手口のおぞましいあらたな要素が確認された際に裏付けられた。それぞれの事件で、被害者の家のなかに、詳しい生理周期を示すものがあったのだ。また、それぞれの事件で、暴行は、女性の生理周期の排卵期と考えられる期間に発生していた。

二番目と三番目の被害者は、聴取の際に、押しだし式ピル・シートから薬を取りだすタイプの経口避妊薬を使っていたことを明らかにした。ひとりの被害者はピル・シートを薬棚に入れており、もうひとりはベッドサイド・テーブルに置いていた。ピルが排卵を抑制する一方、ピルのカードや色分けは、五日から七日間のもっとも妊娠しやすい時期が正常に訪れるのを明示するために用いられる。

最後の被害者はことしの二月に襲われた。当時、彼女は十六歳で、学校の休日に自宅にひとりでいた。少女は十四歳で若年性糖尿病と診断され、月経周期がインシュリンを注射する時期に影響していた。寝室のドアのカレンダーに周期を記入し、自分と母親が正しいインシュリン摂取に備えていられるようにしていた。

それぞれの暴行のタイミングの類似性は明白だった。それぞれの被害者は、通常ならば月経周期の排卵期であろう時期に襲われていた——女性がもっとも妊娠しやすい時期に。四件中四件でそういうことが起こっているのは、ボッシュとルルデスには偶然を越えている事象に思えた。ひとつのプロファイルが浮かび上がった。レイプ犯は、個々の暴行の日を入念に、慎重に選んだのだ。それぞれの被害者の月経周期に関する情報が自宅のなかで見つかるようになっていた以上、犯人はその情報を事前に知っていたにちがいなかった。ということは、犯人は被害者をストーキングし、事前に彼女たちの家に入りこんでいた可能性が高い。

加えて、暴行犯の身体的特徴から、彼がヒスパニックではないのが明白だった。英語を話さないふたりの被害女性は、犯人がスペイン語で命令したものの、第一言語でないのは明白だったと証言した。

各事件の結びつきは衝撃的なものに思え、ボッシュがボランティアの捜査員としてやってくるまえに事件同士が結びつけられていなかった理由に関する深刻な疑問が持ちあがった。その答えは市警の予算危機に根ざしていた。刑事部が規模を縮小され、残された刑事たちは担当事件がどんどん増え、取り組む時間がどんどん減っている最中に今回の強姦事件が発生していた。当初、別々の捜査員が四件のレイプ事件をそれぞれ扱っていた。後の二件が発生したときには最初の二件を担当した刑事たちは姿を消していた。進行中の事件に関する一貫した理解は存在しなかった。刑事部では恒常的な監督がおこなわれていなかった。警部補の役職は凍結され、その義務はトレヴィーノ警部に割り当てられた。トレヴィーノは市警のほかの部門でも職責を担っていた。

ボッシュが突き止めた事件間の結びつきは、DNA検査の結果が精液の回収された三件の事件を関連するものとして戻ってきたことで確認された。狭いサンフェルナンド市で四年間に少なくとも四件の犯行を連続強姦犯がおこなったことにいまや疑念の余地はなかった。

ボッシュはさらに被害者がいるだろうとも思った。サンフェルナンド市だけでも、推定五千人の違法滞在者がおり、半分が女性であり、その多くは犯罪被害者になっても警察に通報しないだろう。また、そのような他人を食い物にするような人間が、小都市の境界内だけで活動する可能性も低く思えた。四人の既知の被害者はラテン系女性で、似通った外見だった──長い茶色の髪、黒い瞳、ほっそりとした体つき──体重五十キロ以上の女性はひとりもいなかった。隣接するふたつのロス市警管轄地域は、ラテン系住民が過半数を占めており、そこにより多くの被害者がいるだろうとボッシュは推測せざるをえなかった。

事件間の結びつきを発見してからというもの、ボッシュはサンフェルナンド市警での自分の時間のほぼすべてを費やして、ヴァレー地区全域のロス市警の住居侵入および性的暴行事件担当部門や、サンフェルナンド近隣のバーバンク、グレンデール、パサディナの警察の捜査員たちと連絡を取った。網戸を切ることと覆面着用が共通項になっている未解決の事件すべてにボッシュは関心を抱いた。いまのところなんの成果も返ってきていないが、刑事たちに興味を抱かせ、目を向けさせるのが肝要だと心得ていた。ひょっとしたら、自分の発したメッセージがなにかを覚えているしかるべき刑事に届くかもしれない。

市警本部長の許可を得て、ボッシュはFBIの行動分析課で上席プロファイラーを務めていた古い友人に連絡を取った。ボッシュがロス市警におり、ミーガン・ヒルがFBIにいたころ、協力して捜査に当たったことが何度かあった。ミーガンはいまやFBIを退職し、ニューヨーク市立大学ジョン・ジェイ・カレッジ・オブ・クリミナル・ジャスティスで法心理学の教授として働いていた。また、プライベート・コンサルタントとして、プロファイリングをおこないつづけてもいた。ミーガンは割引料金でボッシュの事件に目を通すことを引き受け、ボッシュは彼女に〈網戸切り〉関連の情報一式を送った。暴行の背後に潜む動機と心理にボッシュは強い関心を抱いた。なぜ〈網戸切り〉のストーキング・パターンに、被害者候補の排卵期を見定めることが含まれているのか？　もし犯人が被害者を妊娠させるつもりだったら、なぜ経口避妊薬を服用しているふたりの女性を選んだのか？　そこには見立てに欠けているものがあり、ボッシュはプロファイラーにそれを見極めてほしかった。

ミーガンは二週間をかけ、ボッシュに結果を知らせた。彼女の事件に対する見立ては、犯人が被害者を妊娠させたくて襲撃日を選んだのではない、という結論だった。まったく反対だった。ストーキングとその結果としての襲撃は、女性に対する深く根ぶかい憎悪と、出血という身体的習慣への嫌悪感を対象者が抱いていることをあらわにしていた。襲撃の日は、被害者が生理周期のもっとも清潔でいる日と犯人が考えているから選ばれたのだ。犯人にとって、心理的に、そこが襲いかかるのにもっとも安全な時期だった。ミーガンはさらに、平均以上の知性を有するナルシスティックな捕食者としてレイプ犯のプロファイルを付け加えた。しかしながら、彼は、雇用者や同僚の評価では、知的刺激をともなわない、目立たない仕事をしている可能性が高い。

犯人は、また、正体がバレ、逮捕されるのを避けるおのれの能力に高い自信を抱いていた。犯行には注意深い計画と忍耐心が関わっているが、それにもかかわらず、被害者の体内に精液を残すという致命的なミスに見えるものが特徴になっていた。それが妊娠させる意図の一端であるという見方を退け、ミーガンは、挑発する意図であろうと結論づけた。犯人は有罪を証明するのに必要な絶対的証拠をボッシュに渡していた。ボッシュはただ犯人を見つけさえすればよかった。

ミーガンは、身元確認に充分な物証——自分の精液——を残しながら、視覚的な正体を覆面をかぶることで隠して犯行をおこなうという、一見、バランスが取れていない行動にも照準を合わせた。犯人は、被害者たちが以前に会うか目撃した人間であるか、あるいは襲撃のあとなんらかの方法で彼女たちに接触をする意図、おそらくはふたたび被害者たちに接近することで満足感を引きだそうと思っているのかもしれない、とミーガンは推断した。

ミーガン・ヒルのプロファイルは、不気味な警告で終わっていた——

この犯人の動機が命を与える（懐妊させる）ことであるという考えを排除し、襲撃が憎しみによって推し進められていることを理解すれば、この対象者が捕食者としての進化を終えていないのが明白になる。これらのレイプ事件が殺人事件になるのは、時間の問題でしかない。

その警告でボッシュとルルデスは捜査にいっそう拍車をかけた。ミーガンの見立てを添付して地元および全米の法執行機関にあらたな電子メールを送りつけはじめた。地元レベルでは、あまりに担当事件が多く、あまりに時間が少ない捜査員たちに降りかかっている典型的な法執行機関員たちの惰性を打ち破ろうと電話をかけまくった。

それに対する反応はゼロに近かった。ロス市警ノース・ハリウッド分署の不法目的侵入事件担当刑事のひとりから、網戸切断が関わっている一件の未解決不法目的侵入事件を抱えているが、レイプは関わっていないという連絡があった。被害者は二十六歳のヒスパニック系男性だったとその刑事は言った。ボッシュは、被害者に妻かガールフレンドがいて、襲われたが、怖れているか恥じているかで暴行を通報しなかったということはないかどうか、確かめにいってくれないかとその刑事を促した。一週間後、そのロス市警刑事がふたたび連絡してきて、被害者のアパートには女性は住んでいないと伝えた。その事件は無関係だった。

現在、ボッシュは持久戦を戦っていた。レイプ犯のDNAはデータベースにはなかった。犯人は一度も拭き取り採取をされたことがない。精液以外、指紋やほかの証拠を残していない。ボッシュはサンフェルナンドあるいはほかのどこにも関連する別の事件を見つけていなかった。事件の詳細を公開し、市民の協力を求めるかどうかの議論は、バルデス本部長の執務室で保留状態にあった。それは法執行機関で昔から問われている疑問だった——公開し、事件を解き明かし、逮捕に繋がる手がかりを引き寄せるべきか？ あるいは公開して犯人を警戒させ、行動パターンを変えたり、引っ越して、どこか別の疑いを抱いていない共同体に脅威をもたらすようにさせるのか？〈網戸切り〉事件の場合、ボッシュとルルデスは見解の相違を抱いていた。ルルデスは公開したがった。その動きでなんの手がかりも得られなくとも、レイプ犯をサンフェルナンドから追い払いさえすればいい。ボッシュは、ひそかに犯人を捜すことにさらに時間をかけたがった。公開捜査に踏み切れば、犯人を街から追い払いはするだろうが、それは被害者数が増えるのを止めはしないだろうとボッシュは思った。捕食者は動きを止めない——捕らえられるまで。彼らは単に適応し、犯行を継続するのだ。鮫《さめ》のように動き回って、次の被害者にたどり着く。ボッシュはその脅威をほかの共同体へ移したくなかった。自分が行動できるこの場所で容疑者を追いかけるべきだという道徳的な義務感を覚えていた。

　もちろん、正しい答えはないし、本部長はさらなる被害者がでないうちにボッシュが事件を解決することを期待して、判断を保留にしているようだった。その判断が自分の両肩にかかっていないことに最終的にボッシュはホッとした。本部長が大きな金を儲け、自分はそういうことができていない理由がそれだろう、とボッシュにはわかった。

ボッシュは電子メールを確認し、〈網戸切り〉に関するあらたなメッセージが届いていないことを確認した。がっかりして、ボッシュはコンピュータをシャットダウンした。手帳をポケットに戻し、間仕切り区画にふらふらやってきたトレヴィーノに手帳を見られただろうか、と考えた。ジェイムズ・フランクリン・オードリッジの名前を書きつけたページがひらかれていたのだ。

ボッシュはトレヴィーノにさよならの挨拶をしたり、正面扉のところにあるボードに退勤時間を記したりせずに刑事部屋をあとにした。

7

署を出たあと、ボッシュはフリーウェイ5号線に入り、ホイットニー・ヴァンス案件に戻った。交通車両局のデータベースでビビアナ・デュアルテの生年月日やほかの情報が浮かんでこなかったのは、残念だったが、一時的な後退にすぎなかった。ボッシュはノーウォークへ向かって南に進んだ。ノーウォークには時間旅行の金鉱が保管されている――ロサンジェルス公衆衛生局、ボッシュが未解決事件捜査員として、数多くの時間を費やした生体記録課がある場所で、そこの職員たちのコーヒーの好みを正確に覚えてしまったほどだ。そこにいけばビビアナ・デュアルテに関するいくつかの疑問に答えることができるだろうという確信があった。

ボッシュはジープのCDプレイヤーに一枚のCDを入れ、クリスチャン・スコットという名の若きトランペット奏者の演奏に耳を傾けはじめた。最初の曲、「リトニー・アゲインスト・フィアー」は、厳格なサウンドとドライブ感があり、それはいま必要としているものだとボッシュに感じさせた。ダウンタウンの東端の渋滞を抜けてから、ノーウォークにたどり着くまで一時間かかった。七階建ての郡庁舎の正面駐車場に車を入れ、エンジンを切ったときには、スコットは、「ナイーマ」の中盤を演奏していた。ジョン・ハンディーが五十年まえに録音した古典的な演奏と比べてもなかなかのものだとボッシュは思った。

車から降りるのと同時に携帯電話が鳴り、ボッシュは画面を確認した。発信者非通知の電話だったが、とにかく出てみた。かけてきたのはジョン・クライトンであり、その電話は意外なものではなかった。

「で、ヴァンス氏に会ったんだな？」クライトンは訊いた。

「会いました」ボッシュは答えた。

「で、どんな具合だった？」

「いい具合でした」

ボッシュはクライトンに望んでいる返答を与えないつもりでいた。それはボッシュの側の受動攻撃性行動と考えてもよかったが、依頼人の願いを忘れないよう留意していた。

「われわれが協力できることはなにかないかね？」

「あー、そうですね、自分で対処できると思います。ヴァンス氏は極秘扱いを望んでいましたので、それを守るつもりです」

その次クライトンが口をひらくまでに長い間が空いた。

「ハリー」クライトンは言った。「きみとわたしはロス市警時代からの知り合いであるし、もちろんヴァンス氏とわたしも長い付き合いがある。きのうきみを雇うまえに言ったように、ヴァンス氏はわが社の重要顧客であり、彼の快適さと安全に関してなにかまずい問題があるなら、わたしはそれを知らねばならない。警察時代の元の仲間《ブラザー》として、現在起こっていることについてわたしと情報を共有してくれることを期待していたんだ。ヴァンス氏は老人であり、彼が利用されるのをわたしは望んでいない」

「い、い、利用されるというのは、わたしにという意味ですか？」ボッシュは訊いた。

「いや、もちろん、そうじゃない、ハリー。言葉の選択が悪かった。わたしが言いたいのは、ご老体がゆすられたり、私立探偵を必要とするなんらかのトラブルに直面しているのなら、わが社がおり、すぐに利用できる膨大なリソースを持っているということだ。わが社を関与させてもらう必要がある」

ボッシュはうなずいた。オフィスで手を組む要求を出してきた一件があったので、クライトンがこの手の行動をしてくるのは予想していた。

「さて」ボッシュは言った。「まず、わたしに言えるのは、あなたがわたしを雇ったのではないということです。あなたは郵便物を送り届ける係だった。わたしに金を届けてくれた。ヴァンス氏がわたしを雇い、いまわたしが働いているのは彼のためです。ヴァンス氏は、とても明確に意見を表明し、自分の指示に従うことに同意する法的文書への署名をわたしに求めさえした。わたしがおこなう仕事の内容あるいはその理由をだれとも共有してはならないとヴァンス氏はおっしゃった。そのだれには、あなたも含まれています。もしあなたがわたしにそれを破らせたいと望むのなら、わたしはヴァンス氏に折り返し連絡して、氏の許可を求めなければ――」

「そんなことをする必要はない」クライトンはあわてて言った。「それがヴァンス氏の望みというのなら、けっこうだ。ただ、これは知っておいてほしいのだが、必要とあればわが社は手を貸す用意がある、と」

「もちろん承知しました」ボッシュは陽気な、嘘っぽい声で答えた。「必要なら連絡しますよ、ジョン、それにわざわざ確認してくださってありがとうございます」

クライトンがそれに返事をするまえにボッシュは電話を切った。それから巨大な長方形の建物に向かって駐車場を通っていく。建物のなかには、ロサンジェルス郡住民の生死に関する公的記録が収められていた。また、婚姻と離婚のすべての情報もここに記録されていた。この建物を見ると、ボッシュはいつもばかでかい宝石箱を思い浮かべた。捜す場所を知っていれば――あるいはそれができる人間を知っていれば、求める情報がそこにあるのだ。知らない人間にとって、建物の正面階段は、情報請求書類の記入方法に明るくない相手の相談を受ける用意をしている業者が立っている場所だった――どの書類も数ドルの対価で情報を提供するという。業者のなかにはブリーフケースのなかに申請書をすでに入れている者もいた。政府の官僚主義の口へ足を踏み入れようとする人々の天真爛漫さと恐怖につけこむ家内産業だった。

ボッシュは階段を駆け上がり、商号や結婚許可証の申請をしにきたのかと訊ねてくる連中を無視した。建物のなかに入り、案内所を通り過ぎて、その先の階段に向かった。この建物のなかでエレベーターを待つのは、人から生きていく気力を奪う行為だと経験上知っているため、ボッシュは階段を使って、登録課の誕《B》・死《D》・婚《M》係がある地下へ降りていった。

ガラスドアを押しあけると、誕生《バース》と死亡《デス》と婚姻《マリッジ》記録を請求できる受付カウンターの奥の壁沿いに並んでいる机のひとつからかん高い声が上がった。ひとりの女性が立ち上がり、ボッシュに向かって満面の笑みをうかべた。彼女はアジア系で、名前はフローラだった。バッジを持っていた時代、フローラはボッシュにたいへん協力的だった。

「ハリー・ボッシュ!」フローラは声を張り上げた。

「フローラ!」ボッシュも声を返した。

カウンターには、つねに優先的に受け付けられる法執行機関の請求用窓口がひとつと、市民からの請求用窓口がふたつあった。市民窓口のひとつに男性が立っていて、コピーされた記録を見ていた。ボッシュはもうひとつの窓口に近づいた。フローラはすでに法執行機関用窓口に向かっていた。

「いえ、こっちへきて」フローラは指示した。

ボッシュは言われたとおりにし、カウンターに身を乗りだして控え目な抱擁をした。

「ここに戻ってくるってわかってたわ」フローラが言った。

「遅かれ早かれだろ?」ボッシュは言った。「だけど、違うんだ、おれはここに民間人としてきている。きみをトラブルに巻きこみたくない」

サンフェルナンド市警のバッジを取りだすこともできるのはわかっていたが、ボッシュはバルデスまたはトレヴィーノに跡をたどられるかもしれないそのような動きをしたくなかった。要らぬ問題を起こしかねない。そうはせず、ボッシュは市民窓口に戻りはじめ、私立探偵の仕事と公僕たる警官としての仕事に線引きしておこうとした。

「トラブルなんかない」フローラは言った。「あなたの場合は」

ボッシュは見え透いた茶番をやめ、法執行機関窓口に留まった。

「あのな、これは時間がかかるかもしれないんだ」ボッシュは言った。「必要な情報が揃っていないし、かなり遡らないとだめなんだよ」

「試させて。なにが欲しいの？」

ボッシュはフローラがいましたように言葉を切り詰めることをしないようつねづね気をつけなければならなかった。ボッシュの生来の性向は、フローラに話しかけるとき言葉を省略しがちだった。過去に気がつくとそうしており、いまはそうしないように心がけた。

ボッシュは手帳を取りだし、ヴァンスの執務室で午前中に書き取った日付の一部に目を向けた。

「ある出生記録を探しているんだ」ボッシュは読みながら言った。「一九三三年または三四年の話だ。そんな昔に遡る記録はあるだろうか？」

「データベースにはないわね」フローラは言った。「ここにあるのはフィルムだけ。紙の記録はもうない。名前を見せて」

フローラが言っているのは、一九七〇年代にマイクロフィルムに移され、これまでコンピュータ上のデータベースに更新されたことのない記録のことだとボッシュにはわかっていた。フローラにビビアナ・デュアルテの名前とスペルがわかるよう、手帳を反対に向けて見せた。その一風変わった名前で幸運を摑めればいいとボッシュは願った。少なくともガルシアやフェルナンデスのような一般的なラテン系の姓ではなかった。また、ビビアナという名もそんなに多くないだろう。

「ずいぶん歳ね」フローラは言った。「死亡記録も要る？」

「ああ。だけど、いつ彼女が亡くなったか、それに亡くなったかどうかもわからないんだ。最後に彼女が確実に生きていたのは、一九五〇年六月だ」

フローラは渋面をこしらえた。

「ふーん、わかったわ、ハリー」

「ありがとう、フローラ。ポーラはどこにいる？　まだここで働いているのかい？」

ポーラはボッシュが刑事だった当時、この地下へ頻繁に不意打ちを食らわしたときに顔見知りになったもうひとりの職員だった。被害者の目撃者や家族の居場所を突き止めるのは、未解決事件捜査の鍵になる部分であり、通常、どの事件においても基礎になる部分だった。まず最初にやるのが、事件が能動的な捜査対象に戻ったことを家族に連絡することだった。だが、古い事件の殺人事件調書に、関係者の死や婚姻や移動のアップデート情報が含まれていることはめったになかった。結果的にボッシュは記録保管機関と図書館で刑事としての最高の仕事をおこなうことがままあった。

「ポーラはきょう休みよ」フローラは言った。「わたしだけ。書き取ったから、コーヒーを飲んできて。時間がかかるわ」

フローラは必要な情報を書き取っていた。

「きみはコーヒーを飲むかい、フローラ？」ボッシュは訊いた。

「いえ、あなたが飲んできて」フローラは言った。「待つために」

「じゃあ、ここでじっとしていることにするよ。けさコーヒーはしこたま飲んだし、やることがあるんだ」

ボッシュは携帯電話を取りだし、それで説明になるかのように掲げた。フローラは調べにいくため、マイクロフィルム・アーカイブへ入っていった。ボッシュは利用されていないマイクロフィルム閲覧ブースのプラスチック製椅子に腰を下ろした。

ボッシュは次の動きを考えていた。ここで手に入る情報次第だが、次のステップはセントビビアナ教会へいき、洗礼記録を見られるかどうか確かめるか、ダウンタウンの中央図書館へいくかだった。中央図書館は、数十年分の電話帳を保管していた。

ボッシュは携帯の検索アプリを呼びだし、〝ＵＳＣ　ＥＶＫ〟と入力して、なにが出てくるか確かめてみた。すぐにヒットしたものがあった。〈エ《E》ヴ《V》リバディズ・キ《K》ッチン〉はまだ南カリフォルニア大学のキャンパスで営業をつづけており、三十四番ストリートのバークラント・レジデンシャル・カレッジにあった。地図アプリでその住所を呼びだしたところ、ダウンタウンのすぐ南に広がるキャンパスの全体の姿をたちまち目にしていた。ヴァンスは、ビビアナが〈ＥＶＫ〉からほんの数ブロック離れたところに住んでおり、歩いて仕事に通っていたと言っていた。大学キャンパスは、フィゲロア・ストリートとハーバー・フリーウェイ地区に沿って広がっていた。それによって〈ＥＶＫ〉に直接アクセスできる地域にある居住区の通り数は限定される。ボッシュは、中央図書館で古い電話帳を調べるときにデュアルテの家の場所を突き止められるかもしれないので、その範囲内の通りの名を書き写しはじめた。

キャンパスとその周辺の二〇一六年版地図を見ていて、ハーバー・フリーウェイは一九五〇年には存在すらしていなかったかもしれないことがすぐに頭に浮かんだ。となれば、南カリフォルニア大学周辺地域は、まったく異なる様相を呈するだろう。ボッシュは検索アプリに戻り、そのフリーウェイの歴史を引っ張りだした。１１０号線としても知られているハーバー・フリーウェイは、パサディナから港《ハーバー》まで斜めにロサンジェルス郡を横切っている八レーンの高速道路だった。すぐにその高速道路の建設が一九四〇年代と五〇年代に分割しておこなわれたのがわかった。ロスのフリーウエイ時代の黎明期であり、110号線はまさに最初のプロジェクトだった。南カリフォルニア大学キャンパスの東側と境を接している区画の建設は、一九五二年にはじまり、二年後に完成していた。両方の年月はホイットニー・ヴァンスが同校に通い、ビビアナ・デュアルテと出会った時期からずいぶんあとだった。

ボッシュは地図作りに戻り、一九四九年と一九五〇年に、〈EVK〉があったキャンパスの北東隅へ徒歩でいける通りを含めていった。まもなく、四ブロック分の番地を添えた十四本の通りのリストができあがった。図書館で、まずボッシュは古い電話帳を使ってデュアルテの名前を探し、リスト上の通りやブロックに住んでいる人間がいるかどうか確かめてみるつもりだった。当時はほぼ全員が電話帳に掲載されていた——もし電話を持っていたとしたら。

ボッシュは携帯電話の小さな画面に身を乗りだすようにして、見逃したかもしれない裏通りがないか地図を確認していると、記録センターの奥からフローラが戻ってきた。彼女はマイクロフィルム・リーダーにかけるためのスプールを一本、勝ち誇ったように手にしており、その様子にたちまちボッシュの体に電流が走った。フローラがビビアナを見つけたのだ。

「彼女はここにはいなかった」フローラは言った。「メキシコにいたの」

その言葉にボッシュは困惑した。立ち上がり、カウンターに向かう。

「どうしてそれがわかるんだい？」ボッシュは訊いた。

「彼女の死亡証明書に記載されている」フローラは言った。「ロールトで」

フローラは地名を間違って発音していたが、ボッシュにはどこのことかわかった。かつて殺人事件の容疑者を追ってロレトにいったことがあった。カリフォルニア半島の大陸側沿岸沿いをずっと南下したところにある都市だ。いまそこへ赴けば、セントビビアナ大聖堂か教会が見つかるだろう、とボッシュは推測した。

「こんなに早く彼女の死亡証明書を見つけたのかい？」ボッシュは訊いた。

「あまりかからなかったわ」フローラは言った。「一九五一年の記録を見ただけ」

その言葉にボッシュは啞然とした。ビビアナは死んでいるだけではなく、そんなにも昔に死んでいた。彼女の名前をはじめて聞いてから六時間も経っていないのに、ボッシュはすでに彼女を発見した――ある意味では。この知らせにヴァンスはどんな反応を示すだろう、とボッシュは思った。

ボッシュはマイクロフィルム・リールに向かって片手を差しだした。フローラはリールをボッシュに手渡しながら、探してみるべき記録番号を伝えた――51-459。その年、ボッシュは、それがたとえ一九五一年でも、少ないほうの数字だと了解した。その年、ロサンジェルス郡で四百五十九人目に死亡した人物。その年に入ってどれくらいの時期の死だったろう？　一ヵ月？　二ヵ月？

ふとある考えがボッシュの心に浮かんだ。ボッシュはフローラを見た。その書類を見つけたとき、フローラは死因を読んだだろうか？

「彼女はお産で亡くなったのかい？」ボッシュは訊いた。

フローラは戸惑いの表情を浮かべた。

「いえ、ちがうわ」フローラは言った。「でも、自分で読んでみて。確かめて」

ボッシュはリールを手にして、リーダーに向かった。手早くフィルムをセットし、読み取りライトを点けた。ボタンで自動的にフィルムを送っていけるようになっていた。ボッシュは猛スピードで書類を送っていき、数秒おきにフィルムの上隅に刻印されている記録番号を確認するため手を止めた。二月の途中まで進んだところで、四百五十九番目の死に到達した。その書類を見つけたとき、カリフォルニア州の死亡証明書は数十年経ってもあまり変わっていないのに気づいた。これまでに目にしたなかで最古のその手の書類だったかもしれないが、しごく見慣れたものでもあった。検屍官あるいは担当医が記入する欄に目を落とす。死因は手書きされていた――自殺が原因の紐（物干し紐）による窒息死。

ボッシュは長いあいだ、動くのも息をするのも忘れてその一行を見つめた。ビビアナは自殺していた。すでに読んだ以上の詳細は書かれていなかった。判読しがたい殴り書きの署名があるだけで、印刷した検屍官補という文字が続いていた。

ボッシュは背を伸ばし、息を吸いこんだ。途方もない悲しみが押し寄せてくるのを感じた。詳しいことはまったくわからない。物語のヴァンスの側から見た話しか聞いていなかった――八十五歳の疚《やま》しさとか弱さに覆われた記憶にフィルターをかけられた十八歳の経験。だが、ビビアナの身に起こったことは正しくないとわかるくらい充分にボッシュはわかっていた。ヴァンスが彼女をよい別れ《グッドバイ》の反対側に捨て去り、六月に起こったことが翌年二月に起こったことをもたらしたのだ。紐を首にかけるはるかまえにビビアナの命が彼女の手を離れていたのだと、ボッシュは直感的にわかった。

死亡証明書はボッシュが書き取っていたことの細部を提供した。ビビアナは一九五一年二月十二日に命を絶っていた。十七歳だった。近親者は彼女の父親、ビクトール・デュアルテと記載されていた。父親の住所はホープ・ストリートだった。南カリフォルニア大学付近の地図を調べたあとでボッシュが書き取った通りの名のひとつだった。〝希望通り〟というストリートの名は、いまや悲しい皮肉に思えた。

その書類でひとつだけ関心を惹かれるのは死亡場所だった。ノース・オクシデンタル大通りのある住所がぽつんと記されているだけだった。ボッシュは、オクシデンタル大通りがエコー・パーク近くのダウンタウンの西側であることを知っており、ビビアナの自宅付近とはまったく近くなかった。携帯電話を手に取り、検索アプリにその住所を入力した。未婚の母のためのセントヘレン養護施設の住所として出てきた。検索では、セントヘレン養護施設に関係するいくつかのウェブサイトと、同施設が百周年を迎えたのを伝えるロサンジェルス・タイムズの二〇〇八年の記事へのリンクが出てきた。

ボッシュはすぐにそのリンクを呼びだして、記事を読みはじめた。

幼児養護施設百周年を迎える

（タイムズ紙記者　スコット・B・アンダースン）

未婚の母のためのセントヘレン養護施設が今週百周年を迎え、家族の秘密の施設から家族生活の保護センターとしての進化を祝うこととなった。

エコー・パーク近郊にある敷地面積一万二千平方メートルのこの施設は、丸一週間にわたってファミリー・ピクニックを含む各種行事をおこなう予定であり、なかでも五十年以上まえに家族に強いられ、生まれたばかりの赤ん坊をこのセンターで養子に出すために諦めねばならなかった女性の挨拶が注目されている。

過去数十年、社会的道徳観が変容してきたように、セントヘレンも変わってきた。かつて未成熟な女子が妊娠した場合、母となったその女性を隠し、内密に出産させ、ただちにその子を養子に出して母親の手元から離させていた施設だが……

ボッシュは六十五年まえにビビアナ・デュアルテの身に降りかかったことにはたと気づいて、読むのをやめた。

「彼女は赤ん坊を産んだんだ」ボッシュは声を潜めて言った。「そしてその子を連れ去られた」

8

ボッシュはカウンターの向こうを見た。フローラがボッシュを怪訝《けげん》な顔で見ていた。

「ハリー、大丈夫？」フローラが訊いた。

ボッシュは返事をせずに立ち上がると、カウンターへ近づいた。

「フローラ、一九五一年の最初の二ヵ月間の出生記録が必要だ」ボッシュは言った。

「いいわよ」フローラは言った。「名前はなに？」

「よくわからないんだ。デュアルテかヴァンスかも。どういう形で掲載されているかわからない。ペンを貸してくれ。書きだす」

「わかった」

「出産場所はセントヘレンだろう。つまり、一九五一年の最初の二ヵ月間にセントヘレンで生まれた子どもの記録をすべて見たい――」

「いえ、ロサンジェルス郡にはセントヘレン病院はないわ」

「実際には病院じゃない。未婚の母親のための施設なんだ」

「だったら、ここに記録はないわよ」

「どういう意味だ？　あるはずだ――」

「秘匿記録なの。赤ん坊が生まれ、養子に出される。新しい出生証明書が作られ、セントヘレンについてはなんの言及もされない。おわかり？」

ボッシュはフローラが伝えようとしていることを正しく追えているかどうか自信がなかった。養子記録を守るためのプライバシー関連法がごまんとあるのがわかった。

「養子縁組み後まで出生証明書は作成されないと言っているのかい？」ボッシュは訊いた。

「そのとおり」フローラが答える。

「そしてそこには新しい両親の名前しか載らない？」

「まあ、そうね。そのとおり」

「しかも赤ん坊は新しい名前を付けられる？」

フローラはうなずいた。

「病院についてはどうなんだ？　そこについても嘘が書かれるのか？」

「自宅出産と書かれる」

いらだってボッシュはカウンターに両手を叩きつけた。

「彼女の子どもが何者なのか突き止める方法はないんだな？」

「残念だけど、ハリー。怒らないで」

「怒っているもんか、フローラ。少なくともきみに対しては」

「あなたはいい刑事よ、ハリー・ボッシュ。突き止めるはず」

「ああ、フローラ。突き止めてみせる」

両手をカウンターに置いたまま、ボッシュは背を伸ばし、考えようとした。生まれた子どもを見つける方法はあるはずだ。セントヘレン養護施設にいくことを考えていた。そこが唯一の突破口になるかもしれない。そこでなにか別のことを思いつき、フローラにふたたび視線を向けた。

「ハリー、そんな様子のあなたを見るのははじめて」フローラは言った。

「わかってる、フローラ」ボッシュは言った。「すまん。行き止まりが嫌いなんだ。一九五一年一月と二月の出生証明書が入っているリールを持ってきてくれるかい？」

「本気？　二ヵ月だとおおぜい生まれているわよ」

「ああ、本気だ」

「じゃあ、わかった」

フローラはふたたび姿を消し、ボッシュはマイクロフィルム閲覧ブースに戻って待つことにした。腕時計を確認し、役所が五時に閉まるまでマイクロフィルムを見続ける可能性大だと悟った。それから自宅にたどり着くには、暴力的なラッシュアワーに直面して、ダウンタウンの中心部を抜けてハリウッドに入ることになるだろう。二時間はかかりうる苦闘だ。自宅よりオレンジ郡の近くにいることから、チャップマン大学の学生用カフェテリアを離れ、夕食をいっしょにする時間はあるだろうか、と娘にメールすることに決めた。

マッズ、いま案件でノーウォークにいる。もしおまえに暇があればそっちへいって夕食をいっしょにできるんだが。

娘はすぐに返信してきた。

ノーウォークのどこ？

おまえの大学のすぐそばだよ。五時半には迎えにいき、七時には送り届けるので、宿題をやればいい。どうかな？

娘の判断はすぐには返ってこなかった。たぶん選択肢を比較検討しているのだろう、とボッシュにはわかった。娘は大学二年生になり、社会と学校から求められるものが前年より各段に大きくなったため、ボッシュと会う機会がどんどん減っていた。それはときおりボッシュを寂しく、孤独にさせる成長だったが、たいていの場合、娘のためを思って嬉しくなった。今回は、娘に会えないとなれば、憂鬱な気分に陥る一晩になるだろうとボッシュは思った。たとえほんの一部しか知らなくとも、ビビアナ・デュアルテの物語がボッシュの気分を塞いでいた。彼女はボッシュの娘よりもほんの数歳若いだけで、彼女の身に起こったことは、人生はかならずしもフェアでないことを思わせるものだった——たとえ無辜《むこ》の民《たみ》であっても。

娘の結論を待っているあいだにフローラが二本のリールを持ってやってきた。ボッシュは携帯電話を机の上のリーダーの隣に置き、一九五一年一月と記されたリールをリーダーにかけた。数百件の出生証明書を調べはじめ、個々の病院の記入欄を確かめ、自宅出産として記録されているすべての証明書をプリントアウトした。

九十分後、ボッシュは一九五一年二月二十日で読むのをやめた。新しい両親の名で出生証明書が記録される遅れを勘案してビビアナの死の一週間後まで調査範囲を広げたわけだ。自宅出産かつ子どもの人種がラテン系もしくは白人と記載されている六十七件の出生証明書をプリントアウトしていた。ビビアナ・デュアルテの写真を持っておらず、彼女の肌の色が濃いのか薄いのかわからなかった。たとえ養父母の人種と合わせるためであったとしても、赤ん坊が白人として養子に取られた可能性を否定できなかった。

プリントアウトの束を整えていると、娘との夕食の件を忘れてしまっていたことに気づいた。携帯電話を引っつかみ、こちらからの申し出に対する娘の最終回答のメールを見逃していたのを目にした。一時間以上まえに届いており、娘は父親の申し出を了承していた。食事を終え、七時半には勉強に戻れるならばという条件で。今年、彼女はキャンパスから数ブロック離れたところにほかの三人の女子学生とともに一軒の家をシェアしていた。ボッシュは腕時計を確認し、役所が閉まるころに調べ終わるだろうという予測が正しかったことに気づいた。そちらに向かっている、と短いメールをマディに打った。

ボッシュはカウンターにマイクロフィルムをコピーしたものを持っていき、六十七件の出生証明書の印刷代金をフローラに問うた。

「あなたは法執行機関の人間」フローラは言った。「お代は無用」

「ああ、だけど、そのつもりはないんだ、フローラ」ボッシュは言った。「これはプライベートな案件なんだ」

またしてもボッシュはサンフェルナンド市警職員としてのカードを不要な場で切ることを拒んだ。法執行機関のデータベースで名前を調べる場合には選択肢はなかったが、今回は事情が異なっていた。偽の身分で無料のコピーを受け取れば、ルールを破って金銭的利益を得たことになり、自分に返ってくる反動は多大なものになりえた。ボッシュは財布を取りだした。

「じゃあ、コピー一部ごとに五ドル払って」フローラは言った。

その金額にボッシュは衝撃を受けた。まさに今朝、一万ドルを稼いだとしてもだ。その衝撃が顔に表れていたにちがいない。フローラは笑みを浮かべた。

「ほらね？」フローラは言った。「あなたは法執行機関の職員よ」

「いや、フローラ、ちがうよ」ボッシュは言った。「クレジットカードで払えるかい？」

「いいえ、現金のみ」

ボッシュは顔をしかめ、財布のなかを探り、非常の際に備えてつねに隠し持っている百ドル紙幣を取りだした。それにポケットのなかに束ねて入れている現金を合わせ、三百三十五ドル分のコピー代を支払った。手持ちの現金は六ドルしか残らなかった。ヴァンスに経費請求書を提出することになろうとは考えていなかったものの、ボッシュは領収書を求めた。

ボッシュは別れの挨拶と礼のつもりで、プリントアウトの束をフローラに対して振ると、役所をあとにした。数分後、車に乗って、五時ちょうどに政府の建物を離れようとするほかのだれもかれもといっしょに駐車場を出る列に並んだ。CDプレイヤーの電源を入れ、少しスイッチをいじってから、サックス奏者グレース・ケリーの最新アルバムに耳を傾けた。娘が好きでよく聴いている数少ないジャズ・プレイヤーのひとりだ。車で向かわねばならないレストランをマディが選んだ場合、車中でそのCDをかけたいとボッシュは思っていた。

だが、そうはならず、娘はパーム・アヴェニューにある自分の家から歩いていけるオールド・タウン・サークル内の店を選んだ。そこへ向かう道すがら、一年生のときのような二間とバスルーム一室を共有する寮より、三人の女の子たちと一軒の家を借りるほうがどれほど楽しいのか彼女は説明した。いま借りている家は、心理学部が入っているサテライト・キャンパスにはるかに近かった。結局のところ、そこでの暮らしは娘には満足いくもののようだったが、ボッシュは一軒家のセキュリティを心配していた。キャンパス・ポリスの巡回はなかった。四人の女子大生たちは、オレンジ市警の管轄地域に放りだされていた。大学が依頼している警察と自治体警察機関の応答時間の落差は、秒単位ではなく分単位であり、そこもボッシュは気になっていた。

食事場所として選ばれたのはピザ屋で、カスタマイズされたパイをそれぞれの客が注文し、立ったまま並んで、オーブンから焼き上がった熱々のピザを席へ持っていく形式だった。娘の向かいに座って、ボッシュは娘の髪の毛にアクセントとして入っているネオンピンクのハイライトが気になった。やがて、どうしてそのハイライトを入れたのか、娘に訊ねた。

「連帯感の表明」マディは言った。「友だちのお母さんが乳癌にかかったの」

ボッシュはその結びつきがわからなかった。父親の様子を娘はたやすく読み取った。

「冗談でしょ？」娘は言った。「十月は乳癌啓発キャンペーン月間なんだよ、パパ。知っておかないと」

「ああ、そうか、わかった。忘れていた」

ロサンジェルス・ラムズのフットボール選手たちがピンク色の用品を身につけてい

るのを最近ＴＶで見た。ようやくボッシュは理解した。そして、マディが正当な理由があって髪を染めていることを嬉しく思うと同時に、内心ひそかに、それが一時的な事柄にすぎないであろうことを喜んだ。二、三週間もしたら、今月は終わるのだ。

　マディはピザを半分ちょうど食べ、残りの半分を持ち帰りボックスに入れ、それは朝食として食べるのだと説明した。

「で、どんな案件に取り組んでいるの？」パーム・アヴェニューを自分の家に向かって歩いて戻りながら娘が訊いた。

「どうしておれが案件にかかっているとわかるんだい？」ボッシュは訊いた。

「メールで書いていたじゃない。それにスーツを着ている。そんなに心配しないで。まるで秘密諜報員かなにかみたい」

「忘れてた。たんなる跡継ぎ捜し《エア・ハンティング》の案件さ」

「空中狩り《エア・ハンティング》？　なにそれ？」

「エアはエアでも、王位継承者のheir《エア》だよ」

「ああ、わかった」

「大金持ちのパサディナ在住の老人に跡継ぎがいるかどうか、捜そうとしているんだ。亡くなったときに全財産を遺したいそうだ」

「へー、すごいね。もうだれか見つかった？」

「うーん、現時点では六十七人の候補がいる。おれがノーウォークでしていたのがそれだ。出生証明書を調べていた」

「すごいね」

ボッシュはビビアナ・デュアルテの身に起こったことを娘には話したくなかった。

「だけど、このことをだれにも話しちゃいけないぞ、マッズ。トップ・シークレットなんだ。おれが秘密諜報員であろうとなかろうと」

「ねえ、わたしがだれに話すというの？」

「わからん。マイフェースやスナップキャットやなにかに載せたりしてほしくないだけだ」

「おかしいよ、パパ。うちらの世代は映像なんだ。ほかの人がなにをしているか、人に話したりしない。自分たちがやっていることを見せるの。写真を載せてる。だから、心配要らないよ」

「ありがたいよ」

いったん家に戻ると、ボッシュは錠やほかのセキュリティ手段を確認するためなかに入っていいかどうか訊いた。九月に大家の許可を得て、ボッシュはすべてのドアと窓に追加の錠を設置した。家のなかを動きまわりながら、ボッシュはすべてを確認しつつも、〈網戸切り〉のことを考えずにはいられなかった。やがて狭い裏庭に足を踏み入れ、敷地の境に建てられた木製の塀に内側から鍵がかかっていることを確認した。娘が自分の助言どおりに裏庭の階段に犬の飲み水用ボウルを買っていたのを目にした。女子大生たちは犬を飼っておらず、大家もそれを認めていなかったのだが。

万事問題ないように思え、ボッシュは娘にどの窓も開けて寝てはならないと念押しした。それから立ち去るまえに彼女をハグし、頭のてっぺんにキスをした。

「犬のボウルに水を入れておくのを忘れるな」ボッシュは言った。「いまは空っぽだったぞ」

「わかった、パパ」マディは辟易している口調で答えた。

「さもないと犬がいるようには見えないからな」

「わかった、ちゃんとやるよ」

「けっこう。次に来るときには、〈ホーム・ディーポー〉で〝猛犬注意〟のステッカーを二枚買ってこよう」

「パパ」

「わかった、いくよ」

ボッシュは娘をもう一回ハグすると、自分の車へ向かった。この短い立ち寄りのあいだ、ほかのルームメイトの姿を見かけなかった。それについて不思議に思ったが、ほかの女の子たちのプライバシーに踏みこむなとマディに非難されるのを怖れて、訊ねなかった。彼女たちに関する父親の質問が不気味なものに近いとまえに言われていた。

いったん車に乗りこむと、ボッシュは〝猛犬注意〟ステッカーに関するメモを自分用に書いてから、車のキーをイグニションに入れた。

自宅のある北に向かっているころには交通量は少なくなっていた。ボッシュはこの日の成果に満足していた。娘と夕食を共にしたことを含め。あしたの朝、ボッシュはビビアナ・デュアルテとホイットニー・ヴァンスとのあいだにできた子どもの捜索範囲をせばめる作業に取り組むつもりだった。子どもの名前は、隣の座席に置かれた出生証明書の束のどこかにあるはずだ。

ヴァンス案件で進捗を見たのはずいぶん励まされることだったが、〈網戸切り〉に関しては、自分のなかで軽い怖れが募りはじめていた。ストーキングを繰り返すレイプ犯があらたな被害者を見張り、次の暴行の用意を整えている気がしていた。サンフェルナンド市で時計が時を刻んでいる。ボッシュはそれを確信していた。

9

朝、ボッシュはコーヒーを淹《い》れ、裏のデッキに持っていくと、前日に印刷した出生証明書のコピーとともにピクニック・テーブルに腰掛けた。書類の名前と日付を吟味したが、すぐに照準を狭めるための材料をなにも持っていないという結論にたどり着いた。証明書のどれも、厳密な時間に従って日付を付けられているわけではなかった。どの書類も、誕生の少なくとも三日後に発行されており、遅延の問題を養子の指標として見るのを不可能にしていた。ともかくもセントヘレン養護施設を調べるのが最良の方法だと判断する。

それは困難な道のりになるとわかっていた。養子縁組みを管轄するプライバシー保護の法律は、たとえバッジと警察の権力をもってしても突破するのが難しいものだった。依頼人のヴァンスに連絡して、弁護士を関わらせ、ビビアナ・デュアルテが産んだ子どもに関する養子記録を開示する要請を出したいかどうか訊いてみることを考えたが、成功の見こみ薄だと判断した。そうした動きは世間にヴァンスの計画を大っぴらに知らせてしまう可能性が高く、ご老体は秘密を守ることに非常に執心していた。

ボッシュはセントヘレンを取り上げたタイムズ紙の記事を思いだし、最後まで読んでしまおうと、室内に戻り、ノートパソコンを取ってきた。風で飛ばされて、家の下の峡谷に落ちてしまわないよう、出生証明書のコピーも室内に持っていった。

タイムズ紙の記事は、養子縁組みが成立したとたんにすぐ母子が離ればなれにされた場所から、ここ数十年間で、出産後も多くの母親が子どもを手元に置き、子どもとともに社会へ復帰するカウンセリングを受ける場所になってきたセントヘレンの変容を詳しく記していた。一九五〇年代、未婚の妊娠には社会的な汚名が着せられていたのが、一九九〇年代には受容へと変わり、セントヘレンは、未熟な家族をバラバラにしないために設計され、成功に繋がった数多くのプログラムを実行していた。

そこから記事は、自分たちの家族によって持て余し者として追い払われたときに受け入れてくれたこの助産センターにどれほど救われたかと語るセントヘレンの入所者だった女性たちの証言を引用する段落に移った。そこには否定的な意見はなかった。文字どおり自分たちの手から子どもを奪われ、他人に渡されたことで社会に裏切られたと感じている女性のインタビューは載っていなかった。

記事の最後の逸話がボッシュの強い関心を惹き、おのれの調査に新しい角度からの見方を与えてくれると悟った。一九五〇年にセントヘレン養護施設に子どもを産むために訪れ、以来、五十年間その施設に留まった七十二歳の女性の数多くの発言からはじまっていた。

アビゲイル・ターンブルは、セントヘレンの正面階段にスーツケースを一個持たされて置いていかれたとき、たった十四歳だった。彼女は妊娠三ヵ月であり、そのことが病的なほど敬虔な両親を深く辱《はずかし》めた。彼らはアビゲイルを捨てた。ボーイフレンドも彼女を捨てた。そして彼女にはほかに行き場がなかった。

アビゲイルはセントヘレンで子どもを産み、養子に出すため子どもを手放した。赤ん坊の娘を腕に抱いていたのは一時間もなかった。だが、アビゲイルにはそのあとどこにもいく場所がなかった。家族のだれも彼女に戻ってきてほしいと思わなかった。アビゲイルはセントヘレンに留まることを認められ、床のモップ掛けや洗濯のような雑務を与えられた。しかしながら、年を重ねるにつれ、アビゲイルは夜間学校に通い、最終的に高校と大学の単位を取得した。セントヘレンに勤めるソーシャルワーカーになり、かつての自分とおなじ立場の女性たちのカウンセリングをおこない、丸半世紀後に引退するまで、そこに留まった。

アビゲイル・ターンブルは百周年記念式典で基調演説をおこない、そのなかで、セントヘレンへの自分の献身が計り知れないほどの形で報われたことを示す話を語った。

「ある日、わたしがスタッフ・ラウンジにいると、エントランス・ロビーにひとりの女性が来ていると、うちの女の子たちのひとりがやってきて言ったのです。その女性は、自分の養子縁組みの経緯を調べていて、ここに来たのだ、と。彼女は自分の生まれに関する答えを望んでいたのです。このセントヘレンで生まれたのだと両親から聞かされたそうです。それで、わたしは彼女に会い、すぐに奇妙な感情に襲われました。彼女の声、彼女の目のせいです——まるで昔から知っていたような気がしました。誕生日を訊ねたところ、彼女は一九五〇年四月九日だと答えました。そのとき、わたしはわかったのです。彼女はわたしの娘だ、と。わたしは両腕で彼女を抱きしめ、あらゆるものが消え去りました。わたしの苦しみのすべて、いままで抱えてきた後悔すべてが。そしてこれが奇蹟だとわかりました。神がわたしをセントヘレンに居続けさせた理由はこれだったのだ、と」

タイムズ紙は、ターンブルが式典に出席していた娘を紹介し、彼女の演説を聞いて出席者全員の目に光るものがあったとして記事を結んでいた。

「大当たりだ」ボッシュは読み終えると、囁《ささや》くように言った。

ターンブルに話をしなければならない、とボッシュはわかった。彼女の名前を書き取りながら、ボッシュは、タイムズ紙の記事が出てから八年経ったいま、彼女がまだ生きているよう願った。もし生きていれば、彼女は八十歳になる。

ターンブルに早くたどり着く最上の方法についてボッシュは考え、彼女の名前をノートパソコン上の検索エンジンに入れた。有料検索サイトにいくつかヒットがあったが、その大半はおとり広告だとわかっていた。ビジネス主体のソーシャル・ネットワーク・サイトであるリンクトインにひとりのアビゲイル・ターンブルがいたが、その人物が自分の探している八十代女性であるのは疑わしいと思った。やがてデジタル世界を脇へ置き、娘がソーシャル・エンジニアリングと呼んでいるものを試すことにした。セントヘレンのウェブサイトをひらき、そこの電話番号を入手して、携帯電話でその番号にかけた。三回の呼びだし音ののち、女性が電話に出た。

「セントヘレンです、ご用件はなんでしょう？」

「えーっと、あの、もしもし」ボッシュは気が高ぶっている話し手に聞こえるよう願って、話しかけた。「アビゲイル・ターンブルとお話しさせていただけますか？　つまり、もし彼女がそちらにまだおられるのなら」

「ああ、残念ですが、もう何年もまえにここを辞めました」

「ええ、そんな！　あの、彼女は――まだご存命なのかご存知ですか？　相当なお歳だとわかっているので」

「まだわたしどもとおなじ世界に暮らしているはずですよ。ずいぶんまえに引退されましたが、亡くなってはいません。アビーはわたしたちみんなより長生きするんじゃないかと思っています」

ボッシュは自分が彼女を見つけられるというかすかな希望を感じた。さらに言葉を継いだ。

「彼女と記念パーティーでお会いしたんです。そのとき、母といっしょに彼女と話をしました」

「それは八年まえのことですね。お聞きしていいのなら、お名前と、ご用件をお伺いしたいのですが」

「あー、わたしの名前はデイルです。セントヘレンで生まれました。母は、つねづね、アビゲイル・ターンブルのことを大切な友人であり、母がそちらにいるあいだとてもよくしてもらったと言っていました。いまも申したように、ふたりで式典に戻ったときに、やっとわたしは彼女とお会いできたんです」

「で、どんなご用件かしら、デイル？」

「あのですね、残念なことなんです。母がついさきほど亡くなり、アビゲイルに渡してほしいと母に頼まれていたメッセージがあるんです。それにもし万一、アビゲイルが参列を望まれるのなら葬儀の日時も彼女に伝えたいのです。渡したいメッセージ・カードがあります。それをアビゲイルに届ける最善の方法をご存知でしょうか？」

「セントヘレン気付でアビゲイル宛のカードを送っていただけばいいです。かならず本人に届くようにします」

「ええ、それができるのはわかっているんですが、それでは遅すぎるかもしれないと心配しているんです。ほら、第三者の手を介すると。この日曜日の葬儀が終わってからでないと届かないかもしれません」

間が空き、そののち、相手は言った。

「ちょっとお待ちください。なにができるか確かめさせてください」

電話の向こうが静まり、ボッシュは待った。うまくやったとボッシュは思った。二分後、相手の声が戻ってきた。

「もしもし？」

「はい、聞いています」

「わかりました、普通はこんなことをしないんですが、カードをアビゲイルに届けるのに使える住所が手元にあります。電話番号は、彼女の許可なく渡せません。電話をかけてみたんですが、彼女は出ませんでした」

「住所でけっこうです。きょう郵便で送れば、葬儀に間に合うよう届くはずです」

相手の女性は、スタジオ・シティのヴァインランド大通りにある住所をボッシュに伝えた。ボッシュはそれを書き取り、礼を伝えると急いで電話を切った。

ボッシュはその住所を見た。自宅からヴァレー地区へ降りていき、スタジオ・シティへ入るのは、車ですぐだった。住所には部屋番号が含まれていた。ターンブルの年齢を考えると、そこは老人ホームである可能性が高い、とボッシュは思った。市内のどの共同住宅にも見つかる通常の門やボタンだけではない本物のセキュリティ手段が講じられているかもしれなかった。

ボッシュは台所のひきだしから輪ゴムを手に取り、出生証明書の束にはめた。万一の場合に備えて、その束を持っていきたかった。鍵を摑んで、裏口のドアに向かおうとしたところ、家の玄関で大きなノックの音がした。方向を変え、ボッシュは玄関のドアに向かった。

昨日、ヴァンスの屋敷のなかを案内した名前を名乗らなかった警備担当の男が玄関の階段に立っていた。

「ボッシュさん、お出かけになるまえに会えてよかった」男は言った。

男の目は輪ゴムで留められた出生証明書の束に向けられ、ボッシュは反射的にその束を摑んでいた手を左の太もものうしろにまわした。自分がそれを隠そうとあからさまな動きをしてしまったことにいらだって、ボッシュはぶっきらぼうに話しかけた。

「なんの用だ?」ボッシュは言った。「出かけるところなんだ」

「ヴァンスさまに言われて来ました」男は言った。「調査がなんらかの進捗を見せたのかどうかヴァンスさまは知りたがっています」

ボッシュはじっと相手を見た。

「名前はなんだ?」ようやくボッシュは訊いた。「きのうは名乗らなかったな」

「スローンです。パサディナの屋敷の警備を担当しています」

「おれの住まいをどうやって探した?」

「調べました」

「どこで調べたんだ。おれの住所はどこにも載っていないし、この家の不動産証書はおれの名前になっていない」

「われわれは人を見つける方法を心得ているんです、ボッシュさん」

ボッシュは相手をしばらくじっと見つめてから口をひらいた。

「あのな、スローン、ヴァンス氏はおれがやることについて自分だけに話すように言ったんだ。というわけで、よければ失礼させてもらう」

ボッシュはドアを閉めようとしたが、スローンはすぐにドアに手を置いて、その動きを止めさせた。

「そんなことはしないほうがいいと思うぞ」ボッシュは言った。

スローンはうしろに下がり、両手を上げた。

「謝ります」スローンは言った。「ですが、話をしなければなりません。ヴァンスさまは昨日、あなたと話をしたあとで体調が悪化しました。けさ、あなたの調査がなんらかの進捗を見たかどうか直接訊ねるよう、わたしをここへ向かわせたのです」

「なにに関する進捗だ？」ボッシュは訊いた。

「あなたが雇われた仕事の進捗です」

ボッシュは指を一本立てた。

「一分待ってもらえるか？」ボッシュは訊いた。

ボッシュは答えを待たなかった。ドアを閉め、出生証明書の束を脇に抱えた。ダイニングのテーブルのところに戻る。そこにヴァンスが印刷した直通電話番号が載っている名刺を置いていたのだ。ボッシュはその番号に携帯電話でかけ、玄関ドアに戻ると、呼びだし音が鳴っているのを聞きながら、ドアを開けた。

「だれに電話しているんですか？」スローンが訊いた。

「あんたのボスだ」ボッシュは言った。「われわれの案件について話していいのか彼に確かめたいだけだ」

「電話に出ないでしょう」

「ああ、だが、われわれはただ――」

電話は切り替わり、長いビープ音がしたが、伝言を受け付けるというヴァンスの音声は入っていなかった。

「ヴァンスさん、ハリー・ボッシュです。折り返し電話をかけてきてください」

ボッシュは自分の電話番号を吹きこんで、電話を切ると、スローンに話しかけた。

「おれが納得していないことがなにかわかるか？　ヴァンスがおれを雇ってやらせようとした仕事がなんなのかまずあんたに話さずに、さきほどの質問を訊ねさせるためヴァンスがあんたをここに向かわせたというのが納得できない」

「さきほど申したように、ヴァンスさまは体調を崩されたんです」

「そうか、だったら、彼が恢復するまで待つ。そのときは、おれに電話してくるよう彼に伝えてくれ」

　ボッシュはスローンの顔に躊躇《ちゅうちょ》の表情が浮かんだのを読み取った。ほかになにかあるのだ。ボッシュは待った。ついにスローンはそのほかのなにかを口にした。

「ヴァンスさまには、あなたにお渡しした電話番号が盗聴されていると信じるに足る理由があるんです。わたしを通してあなたの報告を受けたがっておられる。わたしはヴァンスさまの個人的警護を二十五年にわたってつづけています」

「ああ、だが、ヴァンスはそのことを自分からおれに伝えないとだめだろう。彼が恢復したら、知らせてくれ。そうすればあそこへおれが出向こう」

　ボッシュは勢いよくドアを閉め、スローンの度肝を抜いた。ドアは枠に当たって、大きな音を立てた。スローンは再度ノックしたが、ボッシュはカーポートに通じる裏口のドアをこっそり開けた。家を出て、気配を消してチェロキーのドアを開け、乗りこんだ。エンジンがかかった瞬間にボッシュはギアをバックに入れ、すばやく後ろ向きに道路に出た。通りの向かいに下り坂方向を向いて停められている銅色のセダンをボッシュは見た。スローンはその車に向かって歩いていた。ボッシュはステアリング・ホイールを切り、右側へ後退すると、チェロキーを上り坂方向に急発進させ、車のドアのところにいるスローンのそばを速度を上げて通り過ぎた。スローンが狭い道路でUターンするにはカーポートを利用しなければならないのがボッシュにはわかっていた。そうしているうちにボッシュは相手から姿をくらますだけの時間を稼げるだろう。

この地に二十五年間住み、ウッドロウ・ウィルスン・ドライブのカーブを曲がって運転するのは、ボッシュの第二の天性になっていた。すぐにマルホランド・ドライブの一時停止の標識にたどり着くと、停止せずに勢いよく右折した。山の稜線に沿った蛇のようなアスファルトの道路を進み、ライトウッド・ドライブにたどり着く。ミラーを確認したところ、スローンあるいはほかの仲間の車の姿は見えなかった。ボッシュは鋭く右折してライトウッド・ドライブに入り、北側のスロープをすばやく下って、スタジオ・シティに入り、ヴェンチュラ大通りでヴァレー地区の底に到着した。

数分後、ボッシュはヴァインランド大通りを進んでおり、シエラ・ウインズという名の複合共同住宅のまえの道路に車を寄せて停めた。建物はフリーウェイ101号線の高架交差路の隣に建てられ、古くたびれている様子だった。フリーウェイのカーブに沿って高さ七・五メートルのコンクリート製防音壁が築かれていたが、車の騒音は山脈を吹き下ろす風《シエラ・ウインド》のように、不規則に広がる二階建ての建物のなかまで吹きつけてくるのだろうとボッシュは想像した。

重要なのは、結局、アビゲイル・ターンブルは老人ホームに住んでいるのではないことだった。ボッシュは彼女の部屋の戸口までなんの支障もなくたどり着けるだろうし、それはいいチャンスだった。

10

ボッシュは大型共同住宅の門付き入り口付近をうろつき、電話をかけているふりをした。実際には、チャップマン大学入学を認められたあとで娘が残した一年まえのメッセージを再生していただけだった。

「パパ、きょうはあたしにとってほんとにわくわくする日で、ここまで来られたのにすごく力を貸してくれたパパにありがとうの思いを伝えたいの。それにパパからそんなに離れることにならず、必要があれば一時間で会えるのがとても嬉しい。まあ、道路の混み具合で二時間になるかもしれないけど」

ボッシュは笑みを浮かべた。この携帯電話にどれくらいメッセージを保存しておけるのかわからなかったが、娘の純粋な喜びの声にずっと耳を傾けていられればいいと願っていた。

内側から門にひとりの男が近づいてくるのが見え、ボッシュは男と同時に門にたどり着くようタイミングを合わせた。ポケットから門の鍵をほじくりだそうとしつつ電話で会話をつづけているふりをする。

「それはすばらしい」ボッシュは電話に向かって言った。「おれもおなじように感じているよ」

内側にいた男が門を押し開けて、外へ出ようとした。ボッシュはもごもごと礼を言い、なかに入った。娘のメッセージを再度保存し、携帯電話を仕舞った。

石敷きの歩道に沿って並んでいる標識に従い、ボッシュは目指す建物へまっすぐ向かい、一階にアビゲイル・ターンブルの住戸を見つけた。近づいていくと、網戸の奥で玄関扉が開いているのがわかった。住戸のなかから声が聞こえた。

「全部済んだ、アビゲイル？」

ボッシュはノックをしないでさらに近寄り、網戸の奥を覗きこんだ。短い廊下の先にリビングが見え、年老いた女性が目のまえに折りたたみ式テーブルを置いて、カウチに座っていた。女性は高齢で弱々しく、分厚い眼鏡をかけ、かつらとわかる茶色い髪を頭に載せていた。老女よりはかなり若いもうひとりの女性がテーブルから皿を片づけ、銀器を重ねていた。ボッシュがアビゲイルだと推測した女性は、遅い朝食もしくは早い昼食を終えたところだった。

ボッシュは介護の人間が片づけを済まして出ていくかどうか確かめるため、待とうと決めた。共同住宅は小さな中庭に面しており、三層になった噴水から流れ落ちる水がフリーウェイの騒音の大半をかき消していた。ターンブルが玄関扉を開けっぱなしにできる理由が噴水の音のおかげである可能性が高かった。ボッシュは噴水のまえにあるプレキャスト・コンクリート製のベンチに腰を下ろし、かたわらに出生証明書の束を置いた。待っているあいだに携帯電話に入っている伝言の有無を確認する。五分と経たぬうちに住戸からふたたび声が聞こえた。

「ドアは開けたままにしておきたい、アビゲイル？」

くぐもった返事が聞こえ、見ていると、介護人が住戸から出てきた。食事を運ぶための断熱材入りバッグを携えている。高齢者など家から出られない人向けの食事配達福祉サービス用のバッグだとボッシュにはわかった。娘が高校の最上級生だったときにボランティアでおこなっていた活動だった。娘はアビゲイル・ターンブルに食事を運んだことがあるかもしれない、とボッシュは思った。

女性は入り口の門に向かう歩道を進んでいった。ボッシュは一拍待ってから、網戸に近づき、覗きこんだ。アビゲイル・ターンブルはまだカウチに座っていた。折りたたみ式テーブルは片づけられており、その代わりに二輪付き歩行器がアビゲイルのまえに置かれていた。彼女は部屋の向かいにある、ボッシュのほうからは見えないなにかを見つめていたが、ＴＶの低い音声が聞こえた気がした。

「ミズ・ターンブル？」

ボッシュは相手の耳が悪い場合を想定して、声高に呼びかけた。だが、ボッシュの声は彼女を驚かせた。アビゲイルは、怯《おび》えた表情で網戸のほうを向いた。

「すみません」ボッシュはあわてて言葉を継いだ。「驚かせるつもりじゃなかったんです。二、三、お伺いしたいことがあるんですが」

アビゲイルはまわりを見まわした。必要とあらば支えとなるだれかがこの場にいるかどうか確かめるように。

「なんの用なの？」アビゲイルは言った。

「わたしは探偵《ディテクティヴ》（「刑事」の意味もあり）です」ボッシュは言った。「わたしがいま取り組んでいる案件《ケース》（「事件」の意味もあり）についてお伺いしたいのです」

「どういうことかしら。刑事さんの知り合いはいないわ」

ボッシュは網戸が開くかどうか試してみた。錠はかかっていなかった。ボッシュは相手に自分がよりよく見えるよう、網戸を半分ひらいた。サンフェルナンド市警のバッジを掲げ、笑みを浮かべる。

「わたしはいま調査《インヴェスティゲーション》（「捜査」の意味もあり）に取り組んでおり、あなたに助けていただけると思っているんです、アビゲイル」ボッシュは言った。

食事を運んできた女性は、アビーという省略形ではなくアビゲイルとファーストネームを省略せずに呼んでいた。自分もそれを試してみようとボッシュは思った。ターンブルは返事をしなかったが、ボッシュは彼女が不安のあまり、両手を拳に握りしめたのを見た。

「なかに入ってもかまいませんか？」ボッシュは言った。「ほんの数分で済みます」

「うちにお客を招いたりしないんです」アビゲイルは言った。「なにか買えるようなお金は持っていないの」

ボッシュはゆっくりと廊下に入った。老女を怯えさせていることにばつの悪さを覚えながらも顔に笑みを浮かべたままにした。

「あなたになにかを売りつけるつもりはありませんよ、アビゲイル。約束します」

ボッシュは廊下を進み、狭いリビングに入った。TVが点いており、エレン・デジエネレスが画面に映っていた。カウチ一脚と、部屋の隅にキッチン・チェア・セットがあるだけだった。セットの向こうにはハーフサイズの冷蔵庫がある狭い簡易キッチンがあった。ボッシュは出生証明書を小脇に抱え、バッジケースからサンフェルナンド市警の身分証明書を取りだした。アビゲイルは渋々それを受け取り、じっと眺めた。

「サンフェルナンド？」アビゲイルは言った。「どこにあるの？」

「ここからそう遠くないところです」ボッシュは言った。「わたしは――」

「あなたはなにを捜査しているの？」

「ずいぶん昔にいたある人を捜しています」

「どうしてあなたがわたしと話をしたいのかわからないわ。サンフェルナンドにいったことは一度もないの」

ボッシュは壁際の椅子を指さした。

「座ってもかまいませんか？」

「どうぞ。あなたがわたしになにを望んでいるのか、まだわからないわ」

ボッシュは椅子を引き寄せ、アビゲイルのまえに座った。ふたりのあいだに歩行器がはさまっている格好だ。アビゲイルはゆったりしたホームドレスを着ていた。その服の花柄が色褪せていた。アビゲイルはまだボッシュの身分証明書をじっと見ていた。

「この名前はどう発音するの？」アビゲイルが訊いた。

「ヒエロニムスです」ボッシュは言った。「ある画家にちなんだ名前です」

「聞いたことがないわね」

「そういうのはあなただけではありません。数年まえにセントヘレン養護施設を取り上げた新聞記事を読みました。あなたが記念式典でスピーチをしたという記事です。あなたの娘さんが答えを求めてセントヘレンにいき、あなたを見つけたということが書かれていました」

「それがどうかして？」

「わたしはある男性のために働いています——とても高齢の男性です——その人も答えを求めています。彼の子どもがセントヘレンで生まれたのです。その子を捜しだすのにあなたが力を貸してくださることを期待しているのです」

アビゲイルはその議論から自分を遠ざけるかのように背を伸ばし、首を横に振った。

「あそこではとてもたくさんの子どもたちが生まれました」アビゲイルは言った。「わたしはあそこに五十年いたんです。赤ん坊の全部を覚えているわけがありません。赤ん坊の大半は出ていくときに新しい名前を付けられるのです」

ボッシュはうなずいた。

「わかってます。ですが、これは特別なケースだとわたしは思っています。あなたが母親を知っていると思っています。母親の名前はビビアナです。ビビアナ・デュアルテ。あなたがセントヘレンにたどり着いたその年の話をしています」

ターンブルは強い痛みを追い払うかのように目をつむった。すぐにボッシュは、彼女がビビアナを知っており、覚えているのだとわかった。時を越える自分の旅は目的地を見つけたのだ、と。

「彼女を覚えているのですね？」ボッシュは訊いた。

ターンブルは一回こっくりとうなずいた。

「あそこにいました」アビゲイルは言った。「恐ろしい日でした」

「それについて話してくださいますか？」

「なぜ？　はるか昔のことなのに」

ボッシュはうなずいた。訊いて当然の質問だった。

「あなたの娘さんがセントヘレンにやってきて、あなたを見つけたときのことを覚えておられますか？　あなたはそれを奇蹟と呼んだ。それとおなじようなものなのです。わたしは、自分の子どもを見つけたいと願っている男性のために働いています。その人がビビアナとのあいだにもうけた子どもを」

ボッシュは怒りがアビゲイルの顔に刻まれたのを目にし、すぐに自分の言葉の選択を後悔した。

「おなじじゃない」アビゲイルは言った。「その男は自分の赤ん坊を無理矢理諦めたんじゃない。そいつがビビーを捨て、そいつが自分の息子を捨てたのよ」

ボッシュは急いでダメージを修復しようとしたが、子どもが男の子だとアビゲイルが言ったことを心に留めた。

「それはわかっています、アビゲイル」ボッシュは言った。「まったくおなじではありません。それはわかっています。ですが、自分の子どもを捜している親であることに変わりはありません。彼は高齢で、もうすぐ亡くなるでしょう。子孫に譲る財産をたくさん持っています。だからといってそれが償いにはならないでしょう。なるわけがありません。ですが、それを決めるのは、われわれでしょうか、あるいは彼の息子でしょうか？　その選択を彼の息子にさせるのを認めることすらできないのでしょうか？」

アビゲイルは黙ったまま、ボッシュの言葉を考えていた。

「わたしはお役に立てません」やがてアビゲイルは口をひらいた。「彼らが連れ去った日からその男の子がどうなったのか、わたしにはわからないのです」

「もし可能なら、あなたの知っていることだけでも話してください」ボッシュは言った。「ひどい話だとはわかっていますが、なにが起こったのか教えてください。そしてビビーの息子について話してください」

アビゲイルは床に視線を落とした。自分の記憶を心に浮かべており、もうすぐ語りはじめるだろう、とボッシュにはわかった。アビゲイルは両手を伸ばして、歩行器を摑んだ。まるでおのれを支えてくれるものに手を伸ばすかのように。

「虚弱だったの、あの子は」アビゲイルは言った。「標準体重に足らない状態で生まれた。セントヘレンには決まりがあった。少なくとも二千二百グラムに達するまで、赤ん坊は家庭に引き取られないという決まり」

「なにがあったんです？」ボッシュは訊いた。

「つまりね、あの子を引き取りにきた夫妻は、あの子を連れていけなかった。そういう状態ではなかった。もっと健康になり、体重が増えなければならなかった」

「で、養子縁組みが遅れた？」

「ときどきそんなことが起こった。遅れたの。息子の体重を増やさなければならない、と施設ではビビーに告げた。彼女は自分の部屋に息子を置いて、母乳を与えなければならなかった。絶えずお乳をあげて、息子を健康にし、体重を増やした」

「それはどれくらいつづいたんですか？」

「一週間。ひょっとしたらもっと長かったかも。わたしが知っているのは、ほかのだれよりも長く、ビビーは自分の子どもといっしょにいたということ。わたしもそんなにいられなかった。そしてその週が終わり、引き渡しのときになった。夫妻が再び来て、養子縁組みが進んだ。彼らはビビーの赤ん坊を連れていった」

ボッシュは陰鬱にうなずいた。話はどこから見ても悪い方向に進んだのだ。

「ビビーになにがあったんです？」ボッシュは訊いた。

「当時のわたしの仕事は洗濯だった」アビゲイルは言った。「施設にはあまりお金がなかったの。乾燥機はなかった。キッチンの裏にある空き地に物干し紐を張って、全部の洗濯物を干していた。そこに建て増しをするまえのこと。とにかく、養子縁組みが済んだあと、午前中にわたしはシーツを干しに出て、物干し紐が一本なくなっているのに気づいた」

「ビビアナ」

「で、声が聞こえた。女の子たちのひとりがわたしに言ったの。ビビーが首を吊った、と。彼女はバスルームに入り、シャワー用パイプの一本に紐をかけた。そこにいる彼女が見つかったけど、手遅れだった。ビビーは死んでいた」

アビゲイルはうつむいた。そのような恐ろしい話を聞かせてボッシュと目を合わせたくないと思っているかのようだった。

ボッシュはその話に嫌悪感を覚えた。胸が悪くなった。だが、もっと情報が必要だった。ビビアナの息子を見つけなければならないのだ。

「で、そういうことなんでしょうか？」ボッシュは訊いた。「男の子は連れていかれ、二度と戻ってこなかった？」

「いってしまったら、二度と帰ってきません」

「その子の名前を覚えていますか？　彼を養子にした夫妻の名前は？」

「ビビーはドミニクと呼んでいました。その名前がそのままだったのか、わたしは知りません。普通、養父母は名前をそのままにはしないものです。わたしは娘をサラと呼んでいました。わたしのところに娘が戻ってきたとき、名前はキャスリンでした」

ボッシュは出生証明書の束を引き寄せた。自宅の裏のデッキでけさその書類を調べたとき、ドミニクという名前を見た覚えがあるのは確かだった。急いで束を再度見返して、その名前を探した。それが見つかると、フルネームと日付を確認した。ドミニク・サンタネロは、一九五一年一月三十一日に生まれていた。だが、出生届が役所に登録されたのは十五日後だった。その遅れは、養子縁組みを延期させた赤ん坊の体重に起因するものだろう、とボッシュにはわかった。

ボッシュはその書類をアビゲイルに見せた。

「これがその子ですか？」ボッシュは訊いた。「ドミニク・サンタネロ？」

「さっきも言ったように」アビゲイルは言った。「わたしはビビーが呼んでいた呼び名を覚えているだけです」

「当時の出生証明書でドミニクの名前がついているのはこれだけなんです。彼のはずです。自宅出産と記されていますが、当時は養子縁組みの場合はそう記されていたんです」

「だとしたら、あなたは捜していた相手を見つけたんでしょう」

ボッシュは出生証明書を見た。子どもの人種を記す項目には、「ヒスパニック」の四角にチェックが入っていた。サンタネロ一家の住所は、ヴェンチュラ郡のオクスナードだった。ルカとオードリーのサンタネロ夫妻は、どちらも二十六歳だった。ルカ・サンタネロの職業は、電化製品のセールスマンと記されていた。

ボッシュはアビゲイル・ターンブルが両手で歩行器のアルミ管を強く握っているのに気づいた。彼女のおかげで、ボッシュはホイットニー・ヴァンスの長く行方知れずだった子どもを見つけたと思った。だが、その代償は大きかった。ビビアナ・デュアルテの物語はこの先もずっと自分のなかに留まるだろう、とボッシュはわかっていた。

11

ボッシュはシエラ・ウインズから西へ車を走らせ、ロウレル・キャニオン大通りにたどり着くと、車を北へ向かわせた。フリーウェイに飛び乗れば早くいけるかもしれなかったが、ボッシュは時間をかけてアビゲイル・ターンブルから話された話について考えたかった。また、なにか食べる物を手に入れる必要もあり、〈イン・アンド・アウト・バーガー〉のドライブスルーで購入した。

路肩に車を停めて食事をしたのち、ボッシュは携帯電話を取りだし、最後にかけた相手にリダイヤルでかけ直した――ホイットニー・ヴァンスから渡された番号に。またしても電話に応答はなく、ボッシュはメッセージを残した。

「ヴァンスさん、またハリー・ボッシュです。折り返し電話をしてください。あなたが求めていた情報を手に入れたと思います」

ボッシュは電話を切ると、中央コンソールのカップホルダーに携帯電話を入れ、車の流れに戻った。
ヴァレー地区南部を横切って、ロウレル・キャニオン大通りを北に向かうのにさらに二十分かかった。マクレー・ストリートで右折し、サンフェルナンドに入っていく。警察署に入ると、またしても刑事部屋は無人で、ボッシュは自分の間仕切り区画へまっすぐ向かった。
最初に確認したのは、自分のサンフェルナンド市警メール・アカウントに届いたメールだった。あらたに二件のメッセージが入っており、件名から、二通とも〈網戸切り〉事件に関する問い合わせに対する返信だとわかった。最初のメールはロス市警ウエスト・ヴァレー分署の刑事から届いたものだった。

親愛なるハリー・ボッシュ、もしあんたが三十年以上奉職した市警を訴えている同姓同名の元ロス市警刑事本人なら、ケツの癌が超特急で進行し、長い、苦しみにあふれた死を迎えるよう期待している。もしあんたがやつじゃなかったら、謝るよ。よい一日を。

ボッシュはそのメッセージを二度読み返し、血がカッと熱くなるのを覚えた。そこに表明された相手の感情のせいではなかった。それはどうでもよかった。返信ボタンを押し、急いで返信を書き上げた。

マットスン刑事、ウェスト・ヴァレー分署の捜査員たちが、ロサンジェルス市民の期待しているプロ意識のレベルを維持しているのを知って嬉しく思う。ロス市警のモットーである〝仕え守る〟に多大なる貢献を果たす情報提供の要請を考慮するよりも、情報提供の要請者を侮辱するほうを選ぶとはな。ウェスト・ヴァレーの性犯罪者たちがビクビクして暮らしているのを知ることができて、あんたに感謝するよ。

ボッシュは送信ボタンを押そうとしたが、考え直し、そのメッセージを削除した。ボッシュはおのれの動揺をかたわらにどけておこうとした。少なくともマットスンは、ロス市警のミッション分署やフットヒル分署に勤務している刑事ではなかった。両方の管轄地域で、〈網戸切り〉は活動していたにちがいないとボッシュは確信していた。

ボッシュは先へ進み、二番目の電子メールをひらいた。グレンデールの刑事から届いたものだった。ボッシュの情報提供要請を受け、自分に対応を任されたと知らせてくるだけの内容だった。その刑事は管轄の警察内で訊いてみて、できるだけ早くボッシュに返事をすると伝えていた。

ボッシュはやみくもな問い合わせへの返事で同様の電子メールを何本か受け取っていた。幸いなことに、マットスンのようなメールはごく少数だった。連絡した大半の刑事は、プロフェッショナルな態度を示し、事件と仕事にきりきり舞いになりながらも、ボッシュの要請にすばやく応じることを約束してくれた。

ボッシュは電子メールのページを閉じ、市警の交通車両局のポータルサイトに移行した。ドミニク・サンタネロを探す時間だった。ログインしながら、ボッシュは頭のなかで誕生日の計算をした。サンタネロはいま六十五歳になっているだろう。ひょっとしたら、引退したてかもしれず、年金で暮らしているかもしれない。自分が大金の相続人であることなどまったく念頭になく。養子先の地元であるオクスナードを離れたことがあるだろうか、とボッシュは考えた。自分が養子であること、自分の人生がはじまるのと同時に実母の人生が終わったことを知っているのだろうか？

ボッシュは出生証明書に書かれている氏名と誕生日を入力し、データベースはすぐさま該当データをはじきだしたが、とても短い記載事項だった。そこにはドミニク・サンタネロは、一九六七年一月三十一日にカリフォルニア州発行の運転免許証を取得していたことが示されていた。その日は、ドミニクが十六歳になり、運転可能な年齢になった日だった。だが、その免許証は一度も更新されることなく、返納されることもなかった。記録の最後の記載は、単純に、「死亡」と記されていた。

ボッシュは椅子にもたれかかり、腹を蹴られたような気分を味わった。この案件に取りかかって三十六時間も経っていなかったが、すっかり没頭していた。ビビアナの物語に。アビゲイルの物語に。ヴァンスが何十年も経っているのにおのれの疚しさを克服できずにいることに。そしてその結果がこれだ。交通車両局によれば、ヴァンスの息子は、最初の運転免許証が失効するまえに亡くなっていた。

「ハリー、大丈夫？」

ボッシュは左を見て、ベラ・ルルデスが刑事部屋に入ってきて、自分の区画と間仕切り壁を接している彼女の区画に向かおうとしているのに気づいた。

「大丈夫だよ」ボッシュは言った。「たんに……またしても行き止まりに出くわしただけさ」

「その感じはわかる」ルルデスは言った。

ルルデスは腰を下ろし、ボッシュの視界から消えた。彼女は身長百六十センチほどで、間仕切り壁が彼女を隠した。ボッシュは自分のコンピュータ画面をじっと見つめた。サンタネロの死に関する詳細情報はなかった。たんに免許証の有効期間内に起こったというだけだった。ボッシュはサンタネロが免許を取得する一年まえの一九六六年に、自分の最初のカリフォルニア州発行免許を取得していた。当時、更新までの免許有効期間は四年だったとはっきり覚えていた。ということは、サンタネロは十六歳から二十歳までのあいだに死んでいた。

依頼人の息子の死を報告する際、ヴァンスに完全かつ説得力のある詳細を提供しなければならない、とボッシュにはわかっていた。また、一九六〇年代後半当時、ティーンエイジャーの死の大半は交通事故か戦死だったこともわかっていた。ボッシュはコンピュータ端末に顔を近づけ、検索ページをひらくと、〝壁〟と入力した。それによって、ワシントンDCにあるヴェトナム戦没者記念碑に関係する数多くのウェブサイトとのリンクが表示された。戦争中に亡くなった五万八千名余りの兵士全員の名前が、黒い花崗岩の壁に刻まれていた。

ボッシュはヴェトナム戦没者記念基金が運営するサイトを選んだ。以前に寄付者として、また、ともに従軍し、帰国が叶《かな》わなかったのがわかっている男たちの詳しい情報を調べるためにそのサイトを訪れたことがあったからだ。ボッシュがドミニク・サンタネロの名前を入力したところ、勘が現実になり、ひとりの兵士の写真と詳しい従軍記録の載っているページがひらいた。

なにか読むまえにボッシュは画像をしげしげと眺めた。この時点まで、調査の主役たちの写真はいっさいなかった。ビビアナとドミニクのイメージは想像したものでしかなかった。だが、画面には、カメラに向かってほほ笑んでいるスーツとネクタイ姿のサンタネロの白黒ポートレート写真が現れていた。たぶん高校の卒業アルバムの写真か、軍の入隊式の写真なのだろう。若者は黒髪をして、頭髪の色より濃い色の鋭い目つきをしていた。白黒写真でも、サンタネロがコーカソイドとラテン系遺伝子のミックスであることはボッシュの目には明らかだった。ボッシュは写真の人物の目をまじまじと見つめ、ホイットニー・ヴァンスと似たところがあると思った。本能的に、自分があの老人の息子を見ているのだと確信した。

サンタネロに捧げられたページには、彼の名前がヴェトナム戦没者記念碑に刻まれた場所のパネル番号と行数が記載されていた。また、彼の従軍と死亡時の基本的な詳細も載っていた。ボッシュはそれらを手帳に書き写した。サンタネロは、海軍衛生下士官として、記載されていた。彼の入隊日は、十八歳になってからちょうど四ヵ月経った一九六九年六月一日だった。彼が戦死した日は、一九七〇年十二月九日。場所は、タイニン省だった。戦死時の配属基地は、ダナンの第一医療大隊だった。最終的な埋葬地は、ロサンジェルス国立墓地だった。

ボッシュはヴェトナムでトンネル工兵として陸軍に所属していた。トンネル鼠と一般的には呼ばれていた存在だ。その特殊任務のせいで、さまざまな省や戦闘地域への出動命令を受けた。敵のトンネル・ネットワークを発見し、掃討しなければならなかった。また、その任務は、軍のあらゆる部門の兵士たちと共同で作業するのを余儀なくされた——空軍、海軍、海兵隊。その経験から、ドミニク・サンタネロに関する追悼サイトで提供された基本的な詳細を読み解けるだけの戦争遂行努力に関する初歩的な概観と知識を得ていた。

海軍の衛生下士官は、海兵隊を支援する衛生兵だとボッシュは知っていた。すべての海兵隊の偵察部隊には、附属の衛生下士官がいる。サンタネロの配属先がダナンの第一医療大隊だったとしても、カンボジアとの国境沿いに広がっているタイニン省での死は、サンタネロが殺されたとき偵察任務に出ていたことをボッシュに告げていた。

追悼サイトは、戦死した日付を選んで兵士をリストアップできるようにするために設けられていた。なぜなら、記念碑自体は戦死した時系列順に死者の名前を壁に刻んでいるものだからだ。ということは、ボッシュは画面上で右や左の矢印をクリックすることで、サンタネロとおなじ日に死んだほかの兵士の氏名と詳細も見ることができた。いまそれをしてみたところ、一九七〇年十二月九日には、タイニン省で合計八名が死んでいた。

　ヴェトナム戦争は、ほぼ毎日、数十人単位で若者を殺していたが、おなじ日におなじ省で八名も亡くなるのは、普通ではない、とボッシュは考えた。急襲あるいは友軍の誤爆があったにちがいない。兵士たちの階級と任務を調べ、全員が海兵隊であることを確認し、そのうちふたりがパイロットであり、ひとりがヘリの専属射撃手《ドア・ガナー》であるとわかった。

　これは思いがけない事実だった。ボッシュはドア・ガナーがスリック——低木地帯に出入りする兵士を輸送するヘリ——に搭乗しているのは知っていた。ドミニク・サンタネロがヘリコプターに乗っていて死亡したのをボッシュは悟った。だれかわからない父親がおそらく製造に手を貸したであろう航空機のなかで死んだのだ。その残酷な皮肉はボッシュには衝撃的だった。この手の情報をどうやってホイットニー・ヴァンスに打ち明けたらいいのか、よくわからなかった。

「ほんとに大丈夫？」

　ボッシュが顔を起こすと、ルルデスが間仕切り壁の上から見下ろしているのに気づいた。彼女の目はボッシュが机に置いていた出生証明書の束に向けられていた。

「ああ、うん、大丈夫だ」ボッシュはあわてて言った。「どうかしたのか？」

ボッシュは何気なさを装って書類の束の上に腕を置こうとしたが、その動きはぎこちなく、ルルデスがそれに気づいたのをボッシュは見てわかった。

「フットヒル分署で性的暴行事件の担当をしている友人からメールが届いたの」ルルデスは言った。「うちの犯人に関係しているかもしれない事件を見つけたと伝えてきた。網戸を切っていないけど、ほかの特徴は合致しているって」

ボッシュは胸に戦《おのの》きが込み上げてくるのを感じた。

「新しい事件か？」ボッシュは訊いた。

「いいえ、古い事件。わたしたちのため、空いた時間を利用して過去に遡ったところ、その事件に出くわしたんですって。網戸を切りはじめるまえのうちの犯人の可能性がある」

「ひょっとしたらそうかもしれない」

「いっしょにいきたい？」

「あー……」

「そう、かまわないわ、わたしがいくから。忙しそうだものね」

「いけるんだが、もしきみがひとりで対処できるのなら……」

「もちろんよ。もしなにか心が躍るようなことが見つかったら電話するわ」

ルルデスはオフィスを出ていき、ボッシュは作業に戻った。メモを完全なものにするため、ボッシュは画面を次々と切り換え、タイニン省の作戦行動中に死んだ男たち全員の氏名と詳細を書き取った。そうしながら、死亡した兵士たちのなかにドア・ガナーの任務に就いているのがひとりしかいないことにボッシュは気づいた。どの人員輸送ヘリ《スリック》にもドア・ガナーはふたり乗っているのがつねだった――ヘリには左右両面があり、ドアが二枚あり、ドア・ガナーがふたり必要だった。つまり、タイニン省任務のスリックが撃ち落とされたにせよ、たんに墜落したにせよ、生存者がひとりいるのだ。

サイトから離れるまえにボッシュはドミニク・サンタネロを追悼しているページに戻った。「追想」と記されているボタンをクリックすると、人々がサンタネロの軍務と戦死を称えているメッセージが載っているページに飛んだ。ボッシュは中身を読まずにページをスクロールしていき、そのサイトが開設されたと思《おぼ》しき一九九九年からはじまるおよそ四十件のメッセージがあることを確認した。メッセージが投稿された順にボッシュは読みはじめた。オクスナード高校の同級生であり、はるか遠くの地で犠牲になったドミニクのことをずっと覚えていると述べる内容が最初の投稿だった。

追悼のなかには、たんに斃《たお》れた兵士を称えたいと願っていて、たまたまそのサイトに出くわした赤の他人からのものもあった。だが、ほかのメッセージは、高校時代のクラスメートのようにドミニクをはっきり知っている人間のものだった。そのなかのひとりが、元海軍衛生下士官と名乗るビル・ビシンガーという男だった。ビシンガーは一九六九年後半にヴェトナムに船で送られるまえにサンタネロとサンディエゴで訓練を受け、南シナ海に停泊する病院船サンクチュアリ号での医療業務従事を命じられた。

そのちょっとした情報にボッシュは動きを止めた。クチ県のトンネルで負傷したあと、ボッシュは一九六九年後半にサンクチュアリ号に乗っていたのだ。同時期にサンタネロがおなじ船に乗っていた可能性があることをボッシュは悟った。

ビシンガーの追想は、サンタネロの身に起こったことをある程度明確にしていた。直接ドミニクに語りかけているように書かれている事実が、内容をいっそう忘れられないものにしていた。

ニッキー、おまえが撃ち落とされたと聞いたのは、おれがサンクチュアリ号の食堂にいたときだと覚えている。火傷を負ったが生き延びたガナーがおれたちのところにやってきて、それでその話を知ったんだ。とても残念に思ったものだ。だれかが故郷からあんな遠く離れた場所で死ぬことが残念だし、もはやあまり意味があるように思えないことでおまえが亡くなったのが残念だ。第一医療大隊にいくんじゃないとおまえに懇願したのを覚えている。頼むからやめろと言ったんだ。この船を降りるな、とおれは言った。だけど、おまえは耳を貸してくれなかった。おまえはＣＭＢを手に入れ、戦争を見にいかねばならないと思いこんでいた。ほんとに残念だよ。おまえを思い留まらせることができなかった自分を責めたい気分だ。

ボッシュは、ＣＭＢが戦時医療功労賞《コンバット・メディカル・バッジ》だと知っていた。ビシンガーの感情溢れる書きこみの下に、オリビア・マクドナルドという名の別のサイト訪問者のコメントが付いていた。

そんなに自分を責めないで、ビル。わたしたちはみんなニックを知っていて、あの人がどれほど強情で、どれほど冒険を望んでいたか知っている。あの人は冒険を求めて軍に入ったの。衛生下士官を選んだのは、物事の中心にいられるけれど、人を助け、だれも殺さずにすむと思っていたから。それがあの人の高邁な精神のなせるところであり、わたしたちはそれを祝福すべき。自分たちの行動をあとでとやかく言うのでなく。

そのコメントはサンタネロに近しい人間の知識を示しており、オリビアは家族の一員あるいはひょっとしたら元の彼女かもしれない、とボッシュは思った。ビシンガーはコメントに返信し、彼女の理解に感謝を述べていた。

ボッシュはメッセージをスクロールしていき、オリビア・マクドナルドが何年にもわたって都合五回メッセージを投稿しているのを確認した。つねに十一月十一日――復員軍人記念日に。それらの投稿は、親密な内容ではなく、つねに〝亡くなったが忘れられてはいない〟人への言葉になっていた。

サンタネロのページに新しいメッセージが投稿された際にかならずユーザーに連絡がいくようにする申し込みボタンがあった。ボッシュはスクロール・バックしてビシンガーの投稿に戻り、オリビア・マクドナルドのコメントがビシンガーの元の投稿のわずか一日後に付いているのを確認した。ビシンガーのサンキュー返信は、マクドナルドのコメントとおなじ日におこなわれていた。

レスポンスの早さは、マクドナルドとビシンガーがふたりとも投稿通知に登録していることを示していると、ボッシュには思えた。ボッシュは、すぐにビシンガーのサンキュー返信の下のコメント欄をひらき、ふたり宛のメッセージを書きこんだ。公開されている意見交換の場で自分のしていることを正確に明らかにするのはやりたくなかった。たとえドミニク・サンタネロ追悼ページがどれほど訪問者が少なかろうと。少なくともどちらかひとりが連絡を取ってくれるよう、関心を惹くことを期待してメッセージをこしらえた。

オリビアとビル、わたしはヴェトナムの復員軍人です。一九六九年に負傷し、サンクチュアリ号で手当てを受けました。あなたたちとニックについて話をしたいのです。わたしは情報を持っています。

ボッシュはそのメッセージに自分の個人メール・アカウントのアドレスと携帯電話番号を記して投稿した。それほど時間が経たぬうちにどちらかひとりから連絡があることを期待した。

ボッシュはドミニク・サンタネロの写真が掲載されているページをプリントアウトし、コンピュータをログオフした。手帳を閉じ、ポケットに入れる。出生証明書の束を手に取ると、間仕切り区画を出て、共同プリンターのトレイから写真を拾い上げ、オフィスをあとにした。

12

車に戻るとボッシュはしばらくじっと座っていて、性的暴行事件を担当している刑事と話をするためフットヒル分署にいくベラ・ルルデスに同行しなかったことに対する疚しさを覚えていた。街のための仕事よりも自身の私立探偵としての調査を優先しており、〈網戸切り〉事件はいっそう差し迫ったものになっていた。ルルデスに電話をかけ、これからそちらに向かうと連絡することを考えたが、実際のところ、ルルデスひとりで充分対処できるだろう。別の刑事に相談するため別の警察署へ向かうのだ。それはふたりでやる仕事ではなかった。そうする代わりにボッシュは駐車場から車を出し、ゆっくり走らせはじめた。

捜査のなかで、ボッシュは〈網戸切り〉が女性を襲った住居にそれぞれに赴いていた。それらの訪問は、個々の事件がひとりの連続レイプ犯に結びついてからおこなわれたものだった。被害者はだれも元の家に暮らしておらず、彼女たちの現在の住まいを訪れるのは段取りをつけるのが難しく、短時間のものになった。あるケースでは、被害者は刑事たちとともに元の住居に戻ることに同意し、犯行の流れを歩いて確認させてくれた。

今回、はじめてボッシュは暴行の時系列順にそれぞれの住居を車でまわることにした。そこからなにが得られるか定かではなかったが、捜査を心のなかで攪拌《かくはん》しつづけるのに役立つだろう。それは重要なことだった。ヴァンスの調査で、〈網戸切り〉を見つける決意を追いだしたくなかった。

巡回を終えるのに十五分とかからなかった。最後の家で正面の縁石に車を停めた。駐車スペースを見つけるのは簡単だった。この日は、違法駐車摘発デーに当たっており、通りの片側から車は一掃されていた。ボッシュは座席の下に手を伸ばし、古いトーマス・ブラザーズ地図帳を取りだした。サンフェルナンドは、地図帳の片側一ページに収まるくらい小さな街だった。ボッシュは以前にそのページにレイプ事件の起こった場所を記しており、今回、あらためてそれをじっくり見た。

それぞれの場所にははっきりわかるようなパターンはなかった。ボッシュとルルデスは、共通項を懸命に探していた――修理工、郵便職員、メーター検針係、被害者または住所または近所と結びつきがあるかもしれないそのほかの人々。だが、四人の被害者あるいは住所すべてを結びつけるものを見つけようという試みは失敗に終わった。

ルルデスは、それぞれの被害女性が自宅を離れているあいだにレイプ犯となんらかの形で視覚的接触をし、そのあとストーキング・フェーズがはじまって尾行されたと考えていた。だが、ボッシュは納得していなかった。サンフェルナンドは小さな街だ。レイプ犯がある場所で被害者候補にロックオンし、別の場所まで尾行するという考えは、四回中四回ともそのやり方で小さなサンフェルナンドのなかのひとつの住所を割りだしたことになり、信憑性が薄かった。ボッシュは、被害者が自宅のなかにいるか、ちょうど屋外にいたときにレイプ犯に目をつけられ、なんらかの方法で確保されたと思っていた。

ボッシュは〈網戸切り〉が最後に襲撃したとして知られている家の正面ファサードのほうを向いて、じっと見つめた。戦後に建てられた小さな家で、正面ポーチと一台用車庫があった。レイプ犯は使われていない寝室の裏窓の網戸を切ったのだ。ボッシュは通りからそこが完全に見えなくなっているのがわかった。

ひとつの影がボッシュの車のサイドウインドーを横切った。ボッシュは横を向き、郵便局のヴァンが自分の車のまえの縁石に停まるのを見た。郵便局員がヴァンを降り、玄関ドアに向かった。そこには郵便投函用のスロットが空いていた。郵便局員は何気なくボッシュの車に目を走らせ、ステアリング・ホイールのまえにボッシュがいるのに気づくと、ドアにたどり着くまでずっと中指を立てた。郵便局員の名前はミッチェル・マロンで、短期間だけレイプ事件の容疑者になっていた。また、ひそかに彼のDNAを採取しようという、失敗に終わった試みの対象者だった。

それは一月《ひとつき》まえ、トルーマン・ストリートの〈スターバックス〉で起こった。四軒の被害者宅のうち三軒を含む配達ルートにマロンが郵便を届けていることをボッシュとルルデスが突き止め、マロンのDNAを手に入れ、レイプ犯から採取したDNAと比較することで彼を容疑者にするか、容疑者から排除できるか確かめるための手っ取り早い方法をふたりは採用した。マロンを二日間監視したところ、彼は疑念を抱かせるような行動をなにも取らないでいたが、〈スターバックス〉に立ち寄り、午前中の休憩を取って、紅茶を飲み、朝食のサンドイッチを食べていた。

ある意味即興で、三日目の朝、ルルデスはマロンを尾行してそのコーヒー店に入り、アイスティーを買って、屋外のテーブルの郵便局員が座っている隣に座った。マロンは食事を終え、ナプキンで口を拭い、サンドイッチを入れていた空になった紙袋にナプキンを入れ、最寄りのゴミ籠に放った。マロンが郵便配達のヴァンに戻っていこうとすると、ルルデスはゴミ籠を守る位置に移り、ほかの客が利用しないようにした。マロンがヴァンに飛び乗るのを見ると、ルルデスはゴミ籠の蓋を外し、マロンが先ほど捨てた紙袋を見た。ルルデスはラテックス手袋をはめ、証拠保存用ビニール袋を取りだし、DNA標本がついている可能性のある物を回収しようとした。ボッシュは尾行用車から姿を現し、携帯電話を取りだして、法廷にDNAを提出できるように、袋の回収の様子をビデオに収めようとした。法廷は公共の場所でのDNAの秘密裏の回収を合法的であるとして支持していた。標本がどこで回収されたかも文書にする必要があった。

予想外の問題は、マロンが店のテーブルに携帯電話を置き忘れ、駐車場からバックで出ていこうとした直前にそれに気づいたことだった。ヴァンから飛び降り、携帯電話を取り戻しにきた。自分の捨てたゴミをボッシュとルルデスが回収しようとしているところに出くわし、マロンは言った。「あんたらはなにをしてるんだ?」

その時点で、マロンが逃亡する可能性があることを知って、刑事たちは彼を容疑者として扱わざるをえなくなった。ふたりはマロンに署に来て質問に答えてほしいと頼み、マロンは腹を立てながらも同意した。そのあとおこなわれた聴取で、マロンはレイプに関してなにも知らないと否定した。被害者のうち三人の名前を知っていたが、それは彼女たちに郵便物を届けているからだと言った。

ボッシュが聴取をつづけているあいだ、ルルデスは四人の被害者をまわり、彼女たちに面通しのため来てもらった。レイプ犯はそれぞれの暴行の際に覆面をかぶっていたため、刑事たちは、被害者たちのひとりがマロンの声や手や目を見て、犯人だと同定してくれるかもしれないと期待した。

コーヒー店での出来事から四時間後、マロンは自発的に、だが、不機嫌な様子で面通しの列に立ち、四人の被害女性たちに別々に見られた。マロンは両手をまえに差しだし、暴行の際にレイプ犯が言ったとされる文言を読まされた。女性たちのだれもマロンを自分たちを襲った相手と見なさなかった。

マロンはその日釈放され、一週間後、口を拭ったナプキンから採取されたＤＮＡがレイプ犯のＤＮＡと一致しないと判定されて、彼の無実は証明された。市警本部長は、その出来事を詫び、捜査協力に感謝する手紙をマロンに送った。

いま、スロットに郵便物を押しこんだのち、マロンはヴァンに向かって歩いていったが、ふいに回れ右してボッシュの車にやってきた。ボッシュは口頭での対峙を受け入れるため窓を下げた。

「なあ、知っておくがいい、おれは弁護士を雇ったからな」マロンが言った。「誤認逮捕のせいでおまえら全員を訴えてやる」

ボッシュはその脅しがたんによくあることであるかのようにうなずいた。

「その依頼が成功報酬を条件にしていればいいがな」ボッシュは言った。

「いったいなんの話だ？」マロンは言った。

「弁護士に金を払っているんじゃなければいいと思っている。成功報酬を条件にするんだ。そうすれば、訴訟に勝ったときだけ弁護料を払えばいいことになる。なぜなら、きみは勝たないからだ、ミッチェル。もしその弁護士がそれとは別のことを話していたなら、そいつは嘘をついている」

「たわごとだ」

「きみは同意して署に来た。逮捕はなかった。なにも盗まれないように郵便ヴァンをきみに運転させせすらした。きみには訴因がない。賭け金を集める唯一の人間は弁護士だ。そのことをよく考えろ」

マロンは身を屈め、ジープの窓の下枠に片手をかけた。

「じゃあ、おれがなかったことにするのを期待されているのか」マロンは言った。

「おれは自分がレイプされた気になっているのに、たんに〝気にするな〟と言うのか」

「全然違うな、ミッチェル」ボッシュは言った。「そんなこと本当の被害者のひとりに言ってみろ、きみの立場に喜んでなると彼女たちは言うだろう。きみが味わったのは、ほんの二時間ほどだ。彼女たちが味わったことに終わりはないんだ」

マロンは窓の下枠をピシャリと叩いて、まっすぐ立ち上がった。

「クソったれ！」

マロンは自分のヴァンにのしのしと歩いていき、タイヤをきしませて走り去った。その効力は、二十メートルほど先で隣の家に配達をするためブレーキを踏まざるをえなかったときに減衰した。

ボッシュの電話が鳴り、ルルデスからだとわかった。

「ベラ」

「ハリー、いまどこにいるの？」

「外に出ている。フットヒル分署はどうだった？」

「うまくいかなかった。そこの事件は該当しなかった」

ボッシュはうなずいた。

「ああ、ところで、いまミッチ・マロン坊やと出くわしたんだ。まだおれたちに腹を立てていた」

「〈スターバックス〉で会ったの？」

「いや、フリーダ・ロペスがまえに住んでいた家の正面でだ。マロンはたまたま郵便の配達に通りかかって、おれがどれほどクソ野郎か毒づいてくれた。弁護士を雇うと言ってた」

「へえ、運がよければいいわね。そこであなたはなにをしているの？」

「なにも。たんに考えていただけだ。なにか手がかりが見つかるのを期待しているとでも言おうか。われわれの犯人だが――次の事件が起こるまで長くないという気がしているんだ」

「なにが言いたいのかわかる。だからこのフットヒル分署の件にやっきになっていたの。畜生！　あそこにほかの関連事件がないのはなぜなの？」

「そこが問題だ」

ボッシュは通話中着信があったクリック音を耳にした。画面を確認し、ホイットニー・ヴァンスからもらった番号であるのを見た。

「なあ、電話がかかってきたんだ」ボッシュは言った。「次の動きについて、あした話をしよう」

「了解、ハリー」ルルデスは言った。

ボッシュはもう一本の通話に切り換えた。

「ヴァンスさん？」

返事はなく、沈黙だけだった。

「ヴァンスさん、そこにいるんですか？」

沈黙。

ボッシュは電話を耳に強く押しつけ、車窓を上げた。息遣いが聞こえたかもしれないという気がした。ヴァンスの声だったのだろうか、スローンが言っていた健康問題のせいで話せないのだろうか、といぶかる。

「ヴァンスさん、あなたなのですか？」

ボッシュは待ったがなにも聞こえず、やがて電話は切れた。

13

ボッシュはフリーウェイ405号線を南に向かい、ヴァレー地区を通り抜け、セプルヴェーダ・パスを越えた。ロサンジェルス国際空港にたどり着くまで一時間かかり、そこでゆっくりと出発便フロアーに到る環状接続路を通って、最後の駐車場に車を停めた。グラブボックスから懐中電灯を掴み、車を降りると、すばやくまわりこんでしゃがみこみ、懐中電灯の明かりをホイール・ウェルのなかとバンパーおよびガソリン・タンクの下に向けた。ただし、もし自家用車にGPS追跡装置が取り付けられていたとしても、自分がそれを発見する可能性はとても低いだろうとわかっていた。追跡テクノロジーの進歩は、装置をより小さく、より隠しやすくしていた。

計画では、オンラインショッピングでGPS妨害装置を買うつもりだったが、手に入るまで数日かかるだろう。とりあえず、ボッシュは車に戻り、懐中電灯をグラブボックスに戻すと、床にずっと置いているリュックサックに出生証明書の束を入れた。

それから車をロックすると、歩行者用陸橋を通ってユナイテッド航空のターミナルに入り、エスカレーターで到着便フロアーに下った。フライトを終えたばかりの旅行者たちが囲んでいる手荷物受け取り場を回りこみ、ごった返す人波を縫って、両開きのドアを通り、送迎ゾーンに出た。送迎車両用レーンを横断し、レンタカー専用区画にいき、見かけた最初のシャトルバスに飛び乗った。エアポート大通りにあるハーツのレンタカー受付カウンター行きの黄色いバスだった。ボッシュがバスの運転手にレンタカーはあるかと訊ねたところ、運転手は親指を上げた。

ボッシュが駐車場に残してきたチェロキーは二十二年物だった。ハーツのカウンターで、チェロキーの新車を試してみる提案をされ、追加料金がかかったものの、ボッシュはそれに応じた。サンフェルナンドを出てから九十分後、ボッシュは405号線に戻り、北を目指していた。尾行したがっていたり、これからボッシュが行こうとしているところにGPS装置による追跡をしたがっていたりする人間に追尾されることのない車に乗って。それでもやはり、ボッシュはミラーを繰り返しチェックして、尾行されていないことを確かめた。

ウェストウッドにたどり着くと、ボッシュはウィルシャー大通りでフリーウェイを降り、ロサンジェルス国立墓地に向かった。そこは南北戦争からアフガニスタンにいたる、すべての戦争、すべての戦役で亡くなった戦死者の墓がある広さ四十六ヘクタールの墓地だった。完璧に並んで立っている数千の白い大理石は、軍隊の正確さと戦争の無駄の証《あかし》だった。

ボッシュは、ボブ・ホープ・メモリアル・チャペルにある〝墓を見つけよう《ファインド・ア・グレーヴ》〟画面を利用して、ドミニク・サンタネロがノース・キャンパスに埋葬されているのを突き止めねばならなかった。だが、ほどなくしてボッシュはその墓のまえに立ち、完璧な緑の芝生を見下ろし、最寄りのフリーウェイから絶えず届くヒス音に耳を傾けていた。太陽が西の空をピンク色に染めていた。どういうわけか、二十四時間と少ししか経っていないのに、一度も会ったことがなく、あるいは知らなかったこの兵士と気持ちの上での絆ができていた。ふたりとも南シナ海であの船に乗っていた。それにボッシュがこの死者の短い人生に降りかかった秘密の歴史と悲劇に次ぐ悲劇を知っているという事実があった。

しばらくして、ボッシュは携帯電話を取りだし、墓碑の写真を撮った。ホイットニー・ヴァンスが最終的に受け取る報告書の一部になるだろう――もしあの老人が報告書を受け取れる状態にあるのなら。

手のなかにあるうちに携帯電話にあらたな着信があり、鳴りだした。画面は、80

5の市外局番で、それがヴェンチュラ郡の局番だとボッシュは知っていた。ボッシュは電話に出た。

「こちらハリー・ボッシュです」

「あー、もしもし。オリビア・マクドナルドです。わたしの兄弟《ブラザー》の追悼ページにメッセージを投稿なさいましたね。わたしと話をしたいということでしたが？」

ボッシュはうなずき、知りたかったひとつの疑問に彼女がすでに答えてくれたことを心に留めた。ドミニク・サンタネロは彼女の兄弟なのだ。

「こんなにすぐ電話をかけてくれてありがとう、オリビア」ボッシュは言った。「実を言うと、いまウェストウッドにあるニックの墓のまえにわたしは立っているんです。軍人墓地に」

「ほんとなの？」オリビアは言った。「よくわからないな。なにが起こっているのかしら？」

「あなたと話をする必要があります。会えませんか？　お伺いします」

「うーん、どうかな。つまり、ちょっと待って。だめ。これがどういうことなのか話してくれないと」

ボッシュはしばらく考えを巡らせてから、答えた。嘘をつきたくなかったが、真の目的を明かすわけにはいかなかった。まだいまは。ボッシュは秘匿義務と、この話のとんでもない複雑さに縛られていた。オリビアは電話番号を非通知にしていなかった。たとえ彼女が、勝手にしてと言って、途中で通話を切ったとしても彼女を捜しだすことは可能だった。だが、ドミニク・サンタネロに対して感じていた絆は彼の姉妹《シスター》にまで拡張されていた。ボッシュはこの女性を傷つけたり、怯えさせたりしたくなかった。いまのところは電話口の声でしかない相手だとはいえ。

ボッシュは当てずっぽうで言ってみることにした。

「ニックは自分が養子だと知っていたんですね？」ボッシュは訊いた。

長い沈黙があり、やがてオリビアは答えた。

「ええ、知ってました」

「ニックは自分がどこで生まれたのか気にしていましたか？」ボッシュは訊いた。

「父親がだれなのか。母親が……」

「あの子は実の母親の名前を知っていました」オリビアが言った。「ビビアナです。教会にちなんだ名前なんです。ですが、それがうちの養父母の知っている情報のすべてでした。ニックはそれ以上調べようとしたことはありませんでした」

ボッシュは一瞬目をつむった。それもまたあらたな確認情報だった。オリビア自身も養女だったことから、知る必要について理解しているのかもしれない。

「わたしはもっと多くのことを知っています」ボッシュは言った。「わたしは探偵です。全部の話を知っています」

長い間が空いて、やがてオリビアは言った。

「わかりました」彼女は言った。「いつ会いたいですか？」

14

ボッシュは木曜日の朝をオンラインショッピングではじめた。ゾロゾロと並ぶGPS検知機と妨害装置を矯《た》めつ眇《すが》めつし、両方の機能を持つ複合装置を選んだ。二百ドルと、到着まで二日間かかる買い物だった。

次にミズーリ州セントルイスにある国立人事記録センターの海軍犯罪捜査局捜査官《NCIS》に電話をかけた。ロス市警を退職する際に持ってでた連絡先リストのなかに、ボッシュはゲーリー・マッキンタイアの名前と電話番号を入れていた。マッキンタイアは、ボッシュが殺人事件捜査員のとき、少なくとも三つの事件で協力して捜査にあたった協力的なまじめ一徹の人間だった。その経験と、相互の信頼を利用して、ドミニク・サンタネロの兵役記録一式の写しが手に入ることをボッシュは期待していた。それは兵役のすべての記録——訓練記録から配属されたすべての基地の場所の情報や、表彰されたすべての賞、休暇と懲戒の記録、戦死時の要約報告書にいたるまでの記録——

を含んでいるファイルのことだった。

兵役記録のアーカイブは、未解決事件捜査員のチェックリストに決まって載っているものだった。人の暮らしに兵役がなんらかの役割を果たしていることがままあるからだった。被害者および容疑者および証人に関する詳細を摑むのにいい手段だった。今回の場合、ボッシュはサンタネロに関する軍務面での情報をあらかじめ摑んでいたが、より深い過去の経緯でそれを分厚くできるだろう。ボッシュの調査は基本的に終盤を迎えており、ホイットニー・ヴァンスのために完全な報告をまとめると同時に、ドミニク・サンタネロがヴァンスの息子であるというDNAの確認をするための方法を見つける可能性を探ろうとしていた。仮になにも手に入らずとも、ボッシュは自分の仕事が徹底的かつ完璧なものだと誇りに思っていた。

当該ファイルは家族とその代理人にのみ入手可能だったが、ボッシュは自分がホイットニー・ヴァンスの代理で動いていることを明らかにする立場になかった。法執行機関の職員であることを手札にすることはできたが、もしボッシュの要請がサンフェルナンド市警による公的捜査の一部なのかどうかマッキンタイアが確認した場合、自分に跳ね返ってくるのを望まなかった。それで、率直にマッキンタイアに話すことにした。いま私立探偵として受けた案件で電話をしており、サンタネロが、正体を明かすことのできない依頼人の息子である確認を取ろうとしているのだと話した。このあとサンタネロの姉妹と会い、必要なら彼女から許可をもらえるだろう、ともマッキンタイアに話した。

マッキンタイアはボッシュに心配にはおよばないと言ってくれた。率直に打ち明けてくれたことを尊重し、ボッシュを信用すると言った。問題のファイルを見つけだし、デジタルコピーを取るのに一日か二日かかるだろうと返事をした。さらに送る用意が整えば連絡すると約束してくれた。ボッシュはそれまでに家族の許可書類を用意すればいい。ボッシュはマッキンタイアに礼を告げ、電話がかかってくるのを待っていると言った。

オリビア・マクドナルドとの約束は午後一時だったので、ボッシュは午前中の残りを今回の案件のメモを読み返し、準備をすることで費やした。すでにボッシュを昂奮させたひとつの事柄は、オリビアが自宅としてボッシュに伝えた住所が、ドミニク・サンタネロの出生証明書に両親が記載していた住所と一致したことだった。これは、オリビアが、おなじく養子だった兄弟の育った家で暮らしていたことを示していた。あまり期待はできないにせよ、ＤＮＡソースが見つかるチャンスが可能性の領域に入ってくれた。

次にボッシュは母親違いの兄弟である刑事弁護士のミッキー・ハラーに電話をかけ、ＤＮＡソースを持っていけば、照合を迅速かつ内密にしてくれる信頼のおける民間ラボを紹介してくれないか、と訊ねた。この時点まで、ボッシュは警官としてＤＮＡの関わる事件に取り組んだことしかなく、照合をおこなうのに市警のラボと人材を使っていた。

「うちで使っているところが二社ある——両方とも仕事が早く、信頼がおけるところだ」ハラーは言った。「推理させてくれ、マディが自分はあんたの子どもであるには賢すぎることをついに悟ったんだな。で、あんたはあわてて彼女が実の娘であることを証明しようとしている」

「面白い意見だ」ボッシュは言った。

「じゃあ、これは案件のためか？　私立探偵としての案件？」

「そんなところだ。詳しくは話せないが、きみに感謝しなければならない。依頼人は、ウェスト・ハリウッドで去年起こった件のせいで、おれを所望したんだ」

面談中にホイットニー・ヴァンスが触れた事件というのは、ビヴァリーヒルズの整形外科医と、ロス市警の悪徳警官ふたりがからんだものだった。彼らにとってはウェスト・ハリウッドでひどい結末が待ち構えていたが、そもそもボッシュがハラーのために事件に取り組んだことではじまったものだった。

「その件でいくらか金を稼いだら、こちらもコミッションをもらえる気がするぞ、ハリー」ハラーが言った。

「おれはそんな気がしないな」ボッシュは言った。「だけど、DNAラボを紹介してくれたら、なにがしかはそちらにいくかもしれないぞ」

「メールで連絡するよ、兄弟《ブロハイム》」

「すまんな、ブロハイム」

ボッシュは十一時半に家を出たので、オクスナードへ向かう途中でなにか腹に入れる時間があると思われた。道に出て、四方に目を走らせ、監視の有無を確認してから、一ブロックほど坂を上り、レンタルしたチェロキーを駐車しているところまでいった。丘を下り切ったところにある〈ポキート・マス〉でタコスを食べてから、101号線に乗り、西へ向かってヴァレー地区を横断し、ヴェンチュラ郡に入った。

オクスナードはヴェンチュラ郡最大の都市だった。そのパッとしない名前は、十九世紀後半にこの入植地に甜菜《てんさい》の精製工場を建てた甜菜畑の農夫の名前を取ったものだ。市は、小さな海軍基地があるポート・ヒューニーメを完全に囲っていた。オリビア・マクドナルドに訊こうと考えている質問のひとつは、基地と近いことが彼女の兄弟に海軍を選ばせたのだろうかというものだった。

　交通量はそこそこで、ボッシュは早くにオクスナードに到着した。浮いた時間を使って、ボッシュは港のまわりを車でまわり、そののちハリウッド・ビーチを通った。虚飾の街《ティンセルタウン》（ハリウッドの俗称）の有名な大通りにちなんで、ラブレアやサンセット、ロスフィリスといった名前のついた通りがある、港の太平洋側にならんだ住宅地域だ。

　ボッシュはオリビア・マクドナルドの家のまえに定刻に到着した。きちんと管理のいきとどいたカリフォルニア・バンガローが立ち並ぶ、古くさい中流住宅地のなかにそれはあった。正面ポーチの椅子に座ってオリビアはボッシュを待っていた。ボッシュは、相手がほぼ同い年だと推測した。養兄弟と同様、彼女も白人とラテン系双方の血筋であるようだとボッシュには見て取れた。髪の毛は雪のように白くなっており、色褪せたジーンズと白いブラウス姿だった。

「こんにちは、ハリー・ボッシュです」ボッシュは言った。

　ボッシュは片手を差しだし、オリビアはその手を握った。

「オリビアです」彼女は言った。「座ってください」

　ガラス天板の小さなテーブルをオリビアとのあいだにはさんで置かれた籐《とう》椅子にボッシュは腰を下ろした。テーブルにはアイスティーのピッチャーと二個のコップが載っており、アイスティーの申し出をボッシュは礼儀として受けた。〝折りたたみ厳禁〟と手書きの文字が書かれているマニラ封筒もテーブルに置かれており、ボッシュはなかに写真が入っているものと推測した。

「で」オリビアは二個のコップに紅茶を注ぐと言った。「わたしの兄弟について知りたいんですね。わたしの最初の質問は、あなたがだれのために働いているか、です」

ボッシュはそういう形ではじまるだろうとわかっていた。また、この質問への答え方で、どれほどの協力と情報を彼女から得られるか決まるだろうともわかっていた。

「そうですね、オリビア、そこが注意を要する箇所なんです」ボッシュは言った。「一九五一年に自分が子どもを持っていたかどうか確認したがっている男性にわたしは雇われています。ですが、きわめて厳格な秘密保持条件に同意することがその取引の一部であり、彼がその約束からわたしを解放するまで、わたしは自分を雇った人間のことをだれにも明かせないのです。ですので、ある種、わたしは板挟み状態に置かれているんです。キャッチ22の状態です。あなたの兄弟が彼の息子であると確認できるまで、わたしはだれに雇われているのかあなたに話せないのです。あなたはわたしがだれに雇われているのか聞くまでわたしに話をしたくないと思っておられるでしょうね」

「まあ、どうやってそれを証明するんです？」オリビアはやれやれというように手を振った。「ニッキーは一九七〇年に亡くなっているんですよ」

　ボッシュはとっかかりを感じた。

「いくつも方法があります。この家は彼が育った家ですよね？」

「どうしてそれを知っているの？」

「おなじ住所が彼の出生証明書に記されています。彼が養子になったあとで作成されたものです。ここにはわたしが利用できるものがあるかもしれません。彼の寝室は手つかずのままですか？」

「なんですって？　いいえ、そんな不気味なことはありません。それにわたしはここに戻ってきてからこの家で三人の子どもを育てたんです。うちには彼の寝室を記念博物館にするようなスペースの余裕はなかったんです。ニッキーの持ち物で残っているものは全部、屋根裏部屋に上げています」

「それはどんなものです？」

「うーん、よく知りません。戦争がらみのものかな。あの子が送ってきたものや、死んだあとで送り返されてきたもの。両親はそれらを全部残していて、わたしがここへ引っ越してきたとき、わたしが全部上に押しこんだんです。わたしはそういうものに興味がなかったんですが、母に捨てないようにと約束させられました」

ボッシュはうなずいた。屋根裏部屋へ上がる方法を見つけなければならない。

「ご両親は存命ですか？」ボッシュは訊いた。

「父は二十五年まえに亡くなりました。母は生きていますが、きょうがなんの日か、自分が何者なのかもうわかっていません。施設に入っていて、そこで世話をしてもらっています。いま、ここに住んでいるのはわたしだけです。離婚し、子どもたちは大きくなって、独立して出ていきました」

ボッシュは、自分を雇った人間の正体を知りたいというオリビアの要求に話を戻さずに彼女に話をさせることができた。このまま話をつづけさせ、会話を屋根裏部屋とそこに置かれているものに向けさせねばならない、とわかった。

「電話では、あなたの兄弟は自分が養子であることを知っていたという話でしたが」

「ええ、知ってました」オリビアは言った。「わたしたちふたりとも知ってました」

「あなたもセントヘレンで生まれたんですか？」

オリビアはうなずいた。

「わたしが最初に来たんです」オリビアは言った。「養父母は白人でしたが、わたしははっきり褐色でした。当時、ここは白人ばかり住んでいる地域で、養父母はわたしのために、おなじ人種のきょうだいがいたらいいだろうと考えたんです。それでふたりはセントヘレンにいき、ドミニクを引き取ってきたんです」

「あなたの弟さんは実母の名前を知っていたとおっしゃいましたね。ビビアナだと。どうやって彼はそれを知ったんでしょう？　その情報はだれにも隠されているのが普通でした――少なくとも当時は」

「そのとおりです、当時はそうでした。わたしは自分の実母の名前を知りませんし、どんな事情があったのかも知りません。ニッキーが生まれたとき、あの子はうちの両親のところにくることになっていたんです。養父母は彼を待っていました。ですが、あの子は病気になり、医者が言うには、しばらく母親の元に置いて、母乳を飲ませたほうがいいということでした。そういう事情だったんです」

「で、あなたのご両親はビビアナに会った」

「そのとおり。数日間、養父母はセントヘレンを訪れ、ビビアナと少しの時間を過ごしたんだろうと思います。のちに、わたしたち姉弟が大きくなると、ふたりのイタリア系アメリカ人の両親と似ていないのが明白になって、わたしたちは両親に質問を浴びせたのです。養父母はわたしたちが養子であることを話し、ふたりが知っているのは、ニッキーの実母がビビアナという名前だということだけだと言ったんです。ビビアナがニッキーを引き渡すまえに会ったので、と」

ドミニクとオリビアはビビアナの身に起こった話を全部聞かされているわけではないように思えた。養父母がそのことを知ってか知らずかはわからないが。

「あなたの弟さんが成長する過程で、実の父母を捜そうとしたことがあるかどうかご存知ですか?」

「わたしの知るかぎりでは、なかったと思います。ふたりともセントヘレンがどんな場所か知っていました。望まれていない赤ん坊が生まれる場所です。わたしは一度も実の両親を捜そうとしたことがありません。どうでもいいんです。ニッキーも同様だったと思います」

ボッシュは彼女の声に苦々しさがかすかに含まれるのを心に留めた。六十年以上経っているのに、オリビアは自分を手放した両親に対する憎しみをはっきり抱いていた。セントヘレンではすべての赤ん坊が望まれていなかった子どもであるという考えには賛成しかねると、いまオリビアに話したところで役に立たないだろうとボッシュはわかっていた。母親のなかには、その問題に関する選択肢を持っていなかったものがいる。もしかしたら、当時の母親全員がそんな状況だったかもしれない。

ボッシュは会話をあらたな方向へ向けようとした。アイスティーに口をつけ、それについてお世辞を述べてから、テーブルの上の封筒にうなずいた。

「そこに入っているのは写真ですか？」ボッシュは訊いた。

「あの子の姿を見たいと思うんじゃないかと思って」オリビアは言った。「あの子について新聞に取り上げられた記事もあります」

オリビアは封筒をひらき、ボッシュに写真の束と折り畳まれた新聞の切り抜きを手渡した。時の経過で、すべてが色褪せ、黄色くなっていた。

ボッシュはまず切り抜きを見た。折れ目から破れてしまわないように慎重に広げる。掲載紙がどこなのか判断するのは不可能だったが、記事の中身から、地元の話題を取り上げているもののようだった。見出しは、「オクスナードのスポーツマン、ヴェトナムで戦死」とあり、記事はボッシュがすでに推測していた内容の多くを裏付けるものだった。サンタネロは、四名の海兵隊員とタイニン省の任務から帰還する途中で殺されたのだ。彼らが乗っていたヘリコプターが狙撃手の銃撃を浴び、水田に墜落した。その記事によると、サンタネロはオクスナード高校でフットボールとバスケットボールと野球のレギュラーを務めるオールラウンドのスポーツマンだった。記事のなかで、当時故国では反戦気分が蔓延していたにもかかわらず、息子はお国のために働くことをとても誇りに思っていたというサンタネロの母親の発言が引用されていた。

ボッシュは切り抜きを畳み直し、オリビアに返した。それから写真を手に取った。写真は時系列順に並んでいるようで、少年からティーンエイジャーに育っていくドミニクの姿が写っていた。ビーチでバスケットボールをしたり、自転車に乗ったりしているドミニクの写真があった。野球のユニフォーム姿の写真があり、フォーマルドレスを着た女の子といっしょにいる写真もあった。姉と養父母といっしょに撮影されたファミリー写真もあった。ボッシュは若い娘であったオリビアの姿をじっと見た。彼女は美しく、彼女とドミニクは実の姉弟に見えた。彼らの肌の色、瞳の色、髪の色が完全に一致していた。

束のなかの最後の写真は、海軍の制服を着て、水兵帽をうしろに反らしてかぶり、両サイドの髪を短く刈ったドミニクの姿を写したものだった。腰に両手を当てて立っており、手入れの行き届いた緑の草地が背景になっていた。ボッシュには撮影場所がヴェトナムには思えなかったが、ドミニクの浮かべている笑みは、まだ戦争の最初の経験をしていない人間の無防備で天真爛漫な表情だった。基礎訓練中に撮影されたものだろうとボッシュは推測した。

「わたしはその写真を気に入ってます」オリビアは言った。「とてもニックっぽい」

「基礎訓練はどこで受けたんですか？」ボッシュは訊いた。

「サンディエゴ・エリアです。バルボアに衛生兵の学校があり、それから戦闘訓練があり、ペンドルトンの野外医療学校にいきました」

「そこにいって彼に会ったことはあります？」

「一度だけ。医療学校の卒業式に出席するために。それがあの子を見た最後でした」

ボッシュは写真に視線を落とした。なにかに気づき、顔を近づけた。サンタネロが着ているシャツは手洗いして絞られたことでとても皺が寄っていたため、文字が読み取りにくかったが、シャツのポケットの上にステンシル刷りされた名前は、サンタネロではなく、ルイスと記されているようだった。

「シャツの名前が――」

「ルイス。ええ、だからこの子はそんなふうに笑っているんです。水泳試験を通れないルイスという名前の友だちとシャツを交換したんです。みんなおなじシャツを着て、みんなおなじ髪型をしていたんです。見分ける方法はシャツにステンシル刷りされた名前だけ。そうやって試験を受けるとき訓練生は確認されていたんです。で、ルイスは泳ぎ方を知らなかったので、ニッキーがルイスのシャツを着てプールにいったんです。ルイスの名前で確認を受け、代わりに試験を受けたんですよ」

オリビアは笑い声を上げた。ボッシュはうなずき、ほほ笑んだ。典型的な兵役時代の物語だ。泳ぎ方を知らない人間が海軍に入る場合の。

「で、どうしてドミニクは志願したんです?」ボッシュは訊いた。「そしてなぜ海軍だったんです? なぜ彼は衛生兵になりたがったんですか?」

ルイスの話をしていたときの笑みがオリビアの顔から消えた。

「ああ、神さま、あの子はとんでもないミスをしたんです」オリビアは言った。「若くて愚かだったんです。自分の命でその代償を払った」

弟は高校三年の一月に十八歳になることになっていた、とオリビアは説明した。そうすると同級生に比べて一歳上になる。当時、ヴェトナム戦争中求められていたように、ドミニクは徴兵まえ身体測定のための徴兵登録に出頭した。五ヵ月後高校を卒業したとき、ドミニクは徴兵カードを受け取り、自分が1Aに分類されているのを見た。すなわち、彼は徴兵適格であり、東南アジアに派遣される可能性が高いということだった。

「それは徴兵抽選がおこなわれるまえだったんです」オリビアは言った。「当時のやり方では、年かさの人間が先に派遣されていたんです。ドミニクは高校を卒業するなかでは、年長者のひとりでした。彼は自分が徴兵されるだろうとわかったんです――

たんに時間の問題でした――それで選択肢を持てるように志願し、海軍に入ったんです。ヒューニーメの基地で夏のアルバイトをしており、やってくる海軍の人間を気に入っていたんです。彼らが格好いいと思っていたんです」

「大学にいく予定はなかったんですか？」ボッシュは訊いた。「徴兵猶予があっただろうし、一九六九年までに戦争は終息に向かいつつあった。ニクソンは派遣部隊を削減しつつあった」

オリビアは首を横に振った。

「いいえ、大学は選択肢になかったんです。ニッキーはとても賢い子だったんですが、たんに学校を嫌っていたんです。がまんできなかったんです。映画やスポーツや写真が好きでした。少し事情をわかってもいたんでしょうね。うちの父親は冷蔵庫を売っていました。大学に子どもをいかせるお金はなかったんです」

最後の言葉――お金がなかった――がボッシュの心に響いた。もしホイットニー・ヴァンスが自分の責任を負って、自分の子どもを育て、金を出していたなら、お金はあっただろうし、彼の息子はヴェトナムのそばに近づきもしなかっただろう。ボッシュはそうした考えを振り払い、聞き取り調査に集中しようとした。

「彼は衛生下士官になりたかったのですか――医療兵に？」ボッシュは訊いた。

「それは別の話です」オリビアは言った。「志願したとき、あの子はどの方向に行きたいのか選ばなければなりませんでした。板挟みになっていたんです。あの子には相《あい》反する思いがあったんです――近くにはいきたいが、とても近くにはいきたくないと言ったら、わかります？　選択できるさまざまなリストがあり、あの子は報道／撮影担当あるいは衛生下士官になりたいと伝えたんです。そうすれば、戦闘がおこなわれている場所にいけるけれど、自分は左右どちらの人も殺さずに済むだろうとあの子は考えたんです」

ボッシュはおなじタイプの人間をおおぜいあそこで知っていた。戦闘に従事することはないが、戦闘の場にいたがる連中。大半の歩兵は十九歳か二十歳だった。自分が何者であり、なにができるか証明したい年頃だ。

「それで、ニッキーは衛生下士官になり、戦闘訓練を受けました」オリビアは言った。「あの子の最初の海外任地は、病院船でした。ですが、そこはあの子にとってたんなる手始めにすぎなかったんです。船に、そうですね、三、四ヵ月いました。そのあとで海兵隊に同行することになり、戦闘の場に加わり……。最後に撃ち落とされたんです」

オリビアはその話を感情を殺して淡々と終えた。ほぼ五十年まえの出来事であり、彼女はその話をたぶん一万回は繰り返し、考えてきたのだろう。いまや家族の歴史になっており、感情はそこから抜け落ちていた。

「とても無念なのは」するとオリビアは先をつづけた。「あそこでの任期があと二週間だけになっていたことです。クリスマスまでには本国に戻るだろうという手紙を寄越したんです。だけど、その約束は果たせませんでした」

彼女の口調は陰鬱なものになり、もはや彼女に気持ちの上での重荷はないという結論を早急に下しすぎたかもしれないとボッシュは思った。アイスティーをもう一口飲んでから、次の質問をした。

「向こうから弟さんの所持品の一部が送り返されてきたとおっしゃいましたね。それらは全部屋根裏部屋にあるんでしょうか？」

オリビアはうなずいた。

「箱がふたつです。ニッキーはもうすぐ脱出するからと言って、品物を本国へ送ってきました。彼は在任期間の短い人間であり、海軍は彼の箱型の小型トランクも送り返してきたんです。うちの両親はそれを全部保管しており、わたしが屋根裏へ上げました。正直言って、見たくなかったんです。たんなる悪い思い出の品ですから」

弟の戦争時代の遺物に関する姉の感情は別にして、ボッシュは可能性にだんだん昂奮してきた。

「オリビア」ボッシュは言った。「屋根裏部屋にわたしがのぼって、彼の持ち物を見てもいいでしょうか？」

オリビアはボッシュがその質問で重要な線を踏み越えたような渋い顔をした。

「なぜです？」

ボッシュはテーブルに身を乗りだした。正直に話さねばならないとわかっていた。その屋根裏部屋にのぼっていかねばならないのだ。

「なぜなら、それがわたしの役に立つかもしれないからです。わたしは自分を雇った男とニッキーを繋げるかもしれないものを捜しているのです」

「あんなに古いもののなかにDNAがあると言っているのですか？」

「可能性はあります。それにわたしがあなたの弟さんの年齢だったとき、わたしもあそこへいっていたからです。追悼サイトに書いたように、わたしはおなじ病院船に乗ってすらいました。たぶん彼がいたのとおなじ時期に。彼の持ち物を見るのはわたしの助けになってくれると思います。たんにこの案件のためだけではなく。わたしのためにもなる」

オリビアは少しのあいだ考えてから返事をした。

「そうですね、ひとつ話しておきます」オリビアは言った。「わたしはあの屋根裏部屋へは上がっていきません。はしごにガタがきているので、落ちてしまわないか怖いんです。もしあなたが上がっていきたいのなら、どうぞ。でも、ご自分でのぼってください」

「それはかまいません」ボッシュは言った。「ありがとう、オリビア」

ボッシュはアイスティーを飲み干し、立ち上がった。

15

はしごに関してオリビアが言ったのは正しかった。二階の踊り場の天井に付いているプルダウン式扉に取り付けられた折りたたみ式はしごだった。ボッシュはけっして重たい人間ではない。痩せ型で屈強というのが、これまでの人生のなかで自分を表すのに気に入っていた表現だった。だが、木製のはしごをのぼると、体重を受けてきしみを上げ、ボッシュは折りたたみ箇所の蝶番《ちょうつがい》が外れて、自分が落ちてしまうのではないかと不安になった。オリビアが下に立って、心配そうにボッシュを見守っていた。四段上ると、天井の枠に手が届き、安全に自分の体重の一部をあずけられた。

「そこに明かりの引き紐があるはずです」オリビアが言った。

ボッシュははしごを崩壊させることなく屋根裏部屋にたどり着き、暗闇のなかで手探りして、引き紐を摑んだ。いったん明かりが灯ると、ボッシュは自分の居場所を確認しようとあたりを見まわした。オリビアが下から声をかけてきた。

「わたしはそこに何年も上がったことがありませんけど、あの子の物は奥の右隅にあると思います」

ボッシュはそちらを向いた。屋根裏の引っこんだ部分はまだ暗かった。尻ポケットからボッシュはオリビアに渡されていた懐中電灯を取りだした。その明かりを奥の右隅に向けた。屋根が急な角度で下がってきているところで、ボッシュは軍用小型トランクの見慣れた形にすぐに気づいた。そこへはしゃがんだ姿勢で進まねばならず、ボッシュは垂木《たるき》の一本に頭をぶつけた。その箇所からトランクにたどり着くには這って進まねばならなかった。

トランクの上に段ボール箱が一箱載っていた。ボッシュはそれに明かりを向け、その箱がダナンから弟が送ってきたとオリビアが言っていた箱だとわかった。ドミニク・サンタネロが差出人と受取人になっていた。差出人住所は、ダナン市第一医療大隊だった。封印用テープは黄変し、めくれていたが、ボッシュはその箱がいったん開封され、ここに保管される際に再度閉じられたのを見て取った。その段ボール箱をトランクから持ち上げ、かたわらに置いた。

小型トランクは、簡単な合板製の箱で、くすんだ灰色に塗装されていたが、いまは色褪せて、木目がはっきりわかるほどになっていた。上板には色褪せた黒いステンシル刷り文字が記されていた。

ドミニク・サンタネロ　HM3

ボッシュは容易にそのコードを解釈できた。軍でのみ、HM3は、衛生下士官三級《ホスピタル・コーマン》を表していた。これはサンタネロの実際の階級が三等兵曹だったことを示していた。ボッシュはポケットからラテックスの手袋を取りだし、箱を扱うまえにはめた。トランクには錠のかかっていない単純な掛け金がついていた。ボッシュは掛け金を外し、明かりをトランクの中身に向けた。土臭いにおいがたちまち立ち上り、ヴェトナムのトンネルにいたときの記憶が一瞬ボッシュの脳裏に蘇《よみがえ》った。木箱はヴェトナムのようなにおいがした。

「見つかりました？」オリビアが下から訊いてきた。

ボッシュは一瞬、気を取り直してから答えた。

「ええ」ボッシュは声を張り上げた。「みんなここにあります。しばらくわたしはここにいます」

「わかりました」オリビアも声を大きくした。「なにか必要なら知らせてください。

わたしはちょっと洗濯しに、下へ降りますので」

小型トランクは、畳まれた衣服が丁寧にいちばん上に収められていた。ボッシュは慎重に一着ずつ持ち上げ、よく調べ、先ほどかたわらに置いた段ボール箱の上にのせた。ボッシュは陸軍で兵役を務めたが、どの軍に所属していたのかにかかわらず、戦死者《KIA》の所持品が悲しむ遺族に向けて本国へ送られる際、遺族に決まり悪い思いをさせたり、悲しみをいっそう増したりすることのないように好ましくないものをまず取り除く処置が取られるのを知っていた。ヴェトナムやフィリピンの女の子の写真はもとより、ヌード写真が売り物の雑誌や書籍全部、あらゆる種類の麻薬と吸引道具、さらには部隊の動きや任務作戦あまつさえ戦争犯罪の詳細を記しているかもしれない個人の日誌も取り除かれるのだ。

本国へ送り返される際に残されるものは、衣服や、身の回り品だった。ボッシュは数着の作業服――迷彩柄と緑色の二種類――に下着と靴下をトランクから取り除いた。トランクの底には一九六〇年代後半に人気が高かった小説のペーパーバックが一束あった。ボッシュ自身の小型トランクのなかにもあったのを覚えている小説が一冊入っていた――ヘルマン・ヘッセの『荒野の狼』だ。フィリピンのオロンガポにあるスービック湾海軍基地で手に入れた山形の袖章付きジッポーのライターが一個とラッキー・ストライクが一カートン丸ごと。

輪ゴムで留められた手紙の束があった。ボッシュが輪ゴムを外そうとしたとたん、輪ゴムはちぎれた。ボッシュは封筒をざっと見た。どの手紙も差出人は家族であり、差出人住所はおなじだった。ボッシュがいまいるこの家の住所だ。手紙の大半はオリビアが出したものだった。

ボッシュは家族のプライベートなやりとりを侵害する必要性を覚えなかった。励ましの手紙だろうと推察する。ドミニクの愛した家族が、彼の戦争からの無事帰還を祈っていると伝えるものだろう。

トランクにはジッパー付き革製洗面道具入れがあり、ボッシュは慎重にそれを取りだした。ほかのなによりもこの道具入れのため、ボッシュはやってきたのだ。ジッパーを下げ、なかをひらくと、懐中電灯の明かりをそこに向けた。その袋には、いずれもごく普通の洗面道具が入っていた——剃刀《かみそり》、シェービング・パウダー、歯ブラシ、歯磨き粉、爪切り、そしてブラシと櫛。

ボッシュは道具入れからなにも取りださなかった。それをするのはDNAラボに任せたかった。中身はとても古く、へたに動かして毛包《もうほう》や顕微鏡レベルの皮膚片や血液を失いたくなかった。

懐中電灯の明かりを斜めに当てていると、ブラシの剛毛に頭髪がからまっているのが見えた。いずれも三センチ以上の長さがあり、サンタネロはヴェトナムの奥地に入ると、おおぜいの兵士がしていたように髪を伸ばしたんだろうとボッシュは推測した。

次に旧式の両刃剃刀に明かりを当てた。革のストラップに入れられて道具入れのなかに留まっていた。汚れは見当たらなかったが、両刃の片方しか見えなかった。もし剃刀の刃に血が残っていたらＤＮＡの金鉱になるだろうとわかっていた。剃刀による小さな切り傷は極小の血を残しうる。それがボッシュのなんとしても必要としているものになるだろう。

ほぼ五十年経って毛髪や歯ブラシに付いた唾液や、両刃剃刀に残った髭からＤＮＡを抽出できるかどうか、ボッシュにはわからなかったが、血液はうまくいくとわかっていた。ロス市警の未解決事件班で、それとおなじくらい古い乾燥した血液から確かなＤＮＡコードを検出できた事件に取り組んだことがあった。ひょっとしたら、この洗面道具入れのなかにあるもので幸運を摑めるかもしれない。ミッキー・ハラーに推薦されたラボのひとつにこれを無事届けるつもりだった。貸してもらえるようオリビアを説得できたならの話だが。

ジッパーを閉めてから、ボッシュは自分の右側の木の床にそれを置いた。そこにオリビアに持っていく許可を頼むつもりのものを全部置く予定だった。ボッシュは、一見、空になった小型トランクに戻り、懐中電灯の明かりと指で二重底の有無を確認した。経験から、兵士のなかには未使用の小型トランクの底板を外し、自前の箱を置き、麻薬や無許可の武器やプレイボーイ誌を隠せるよう秘密の層を作ることがあるのをボッシュは知っていた。

取り外せるような板はなかった。サンタネロはトランクになにも隠していなかった。このトランクの中身の特徴は、写真がないことと、家族以外の人間から届いた手紙がないことだとボッシュは考えた。

ボッシュは慎重に小型トランクに荷物を詰め直し、その上に蓋を載せて閉めようとした。そうする際に懐中電灯の明かりがなにかを捕らえた。蓋の裏側を仔細に調べたところ、斜めに当たった明かりによって、木に何本も退色の跡があるのが見えた。テープがはがされたあと表面に残った接着剤の跡だとボッシュは悟った。サンタネロが一時期、小型トランクの内側になにかをテープ留めしていたにちがいない——可能性が高いのは写真だ。

珍しいことではなかった。小型トランクの内側は高校のロッカーの内側のように使われることがよくあった。おおぜいの兵士がトランクの内側にガールフレンドや妻、子どもの写真をテープで留めていたのをボッシュは思いだした。ときにはサインや、子どもが送ってきた絵や、ヌード写真も貼られていた。

サンタネロがそうしたものを外したのか、あるいは海軍の戦死者対応班の人間が亡くなった兵士の所持品の健全化処置をしたのかはわからないが、サンタネロが実家に送った段ボール箱のなかに入っていたものについてボッシュはいっそう興味を抱いた。ボッシュはその箱を開け、なかに入っていたものに明かりを向けた。

段ボール箱にはサンタネロにとってとても大切であり、おのれの兵役期間が満了に近づいているときにかならずオクスナードへ届くようにしたがっていたものが入っているようだった。いちばん上には畳まれた私服が二揃いあった——サンタネロがヴェトナムでは持っていることを認められなかったはずの、軍服ではない服だ。ジーンズとチノパンと襟付きシャツと黒い靴下が含まれていた。服の下にはコンバースのスニーカー一足とピカピカの黒いブーツが一足あった。私服を持つことは認められていなかったが、よくあることだった。兵役期間を満了して故郷へ帰るときや、外国の都市で休暇を迎えている際に軍服を着ていると、民間人と衝突を起こしかねないのは、秘密でもなんでもなかった。世界中で戦争に対する嫌悪感が抱かれているせいだった。

だが、私服を所持している別の目的があることもボッシュは知っていた。一年の服務期間中、兵士は六ヵ月服務すると一週間の休暇、九ヵ月服務でキャンセル待ち休暇が保証されていた——出発を予定されている飛行機に空席が出る可能性を待つわけだ。五ヵ所の公的休暇地があったが、アメリカ本土にはなかった。本土に戻ることは許可されていなかったからだ。だが、私服を持っている兵士はホノルルのホテルで着替え、空港に戻り、ロスかサンフランシスコ行きフライトに飛び乗ることが可能だった——そのようなごまかしを見張るだけのために空港で監視しているMPの目を盗めた場合には。ヴェトナム奥地で髪を伸ばしていた理由のひとつもそれだ。どうやらサンタネロは本土へこっそり戻ったようだ。もしサイドを刈り上げ、ミリタリー・カットにしていれば、ホノルルの空港で私服を着ていても容易にMPに気づかれてしまいかねない。長髪はそれを隠してくれるのだ。

ボッシュ自身、派遣先国内での休暇のおり、二度、ロスに戻ったことがある。一九六九年にガールフレンドと五日間過ごし、次に六ヵ月後ふたたびロスに戻った。そのときにはもうガールフレンドはいなかったが。サンタネロはヴェトナムでの服務期間の十一ヵ月以上を務めてから殺されている。ということは、少なくとも一回は休暇があり、たぶん二回目もあっただろう。ひょっとしたらサンタネロもこっそりカリフォルニアに帰ってきたかもしれない。

衣服の下にコンパクト・カセット・レコーダーとカメラが見つかった。両方ともオリジナルの箱に入っていた。カセット・レコーダーにはダナンのPXの値札が付いていた。それらの隣には、箱の底まできちんと並んでいるカセット・ケースの列が二列あった。ラッキー・ストライクのカートンがまたあり、ジッポーのライターもう一個あった。そのライターは使用されていたもので、横に海軍衛生下士官の袖章マークが付いていた。よく読まれてくたくたになっているJ・R・R・トールキンの『指輪物語』も箱のなかに入っていた。サンタネロが海軍に入って派遣されたさまざまな場所で購入した何本かのビーズのネックレスやほかの土産物もボッシュの目に入った。

箱の中身を調べながらボッシュは既視感に襲われていた。ボッシュもヴェトナムでトールキンを読んだのだった。戦闘経験者のあいだで人気の高い本だった。自分たちがいまいる場所と自分たちがやっていることという現実から連れ去ってくれる、別の世界の豊潤なファンタジーだ。ボッシュはプラスチックのカセット・ケースに書かれているバンド名や演奏者の名前をしげしげと眺め、ヴェトナムにいるあいだおなじ音楽を聴いていたことを思いだした――ヘンドリックス、クリーム、ローリング・ストーンズ、ムーディ・ブルースなどなど。

そういう見慣れたものを目にして、東南アジアでの状況に関する経験や知識が蘇った。海軍本部のあったダナンのホワイト・エレファント・ビル前船着き場でネックレスを売っていたおなじヴェトナム人少女たちが、低木地帯に容易に携行できるよう、煙草のパックにピッタリ収まるすでに巻いてある《プレロールド》マリファナ煙草の十本入りパックを売っていた。もし五十本のマリファナ煙草が欲しかったら、偽の蓋がついているコーラ缶を買った。マリファナ吸引は広範に広がっていて、大っぴらにおこなわれていた。「もうヴェトナムに送られているんだから、もし捕まったとしても、これ以上悪いことってなにが起こる?」というのが一般的な見方だった。

ボッシュはラッキー・ストライクのカートンを開け、一パック抜き取った。予想したとおり、湿気《しけ》らないように銀紙に包まれ、巧みに巻かれたマリファナ煙草が十本入っていた。カートンのほかのパックも同様だろうとボッシュは推測した。サンタネロは服務中ハイになるのを習慣にしていたようで、故郷に帰ってからもたっぷり手元にマリファナがあるようにしておきたかったのだろう。

そのことはボッシュにそこそこ興味を抱かせた。自身のヴェトナムでの記憶を呼び起こさせるものがあったからだ。だが、ホイットニー・ヴァンスがドミニク・サンタネロの父親であることをさらに確認するのに結びつくかもしれないものは、すぐには段ボール箱のなかに見当たらなかった。ボッシュがここに来たのはそれが目的だった——親であることの確認だ。もしヴァンスにあなたの血統は、タイニン省のヘリコプター墜落事故で絶えましたと報告するつもりなら、老人に真実を告げていると確信できるための最善の努力をしなければならなかった。

ボッシュは煙草のカートンにパックを詰め直し、かたわらに置いた。次にカメラとカセット・レコーダーが入っている箱を取りだし、このカメラで撮影した写真はどこにあるのだろうと思った矢先、段ボール箱の底に白黒写真とネガフィルム・ストリップを入れた封筒が隠されていた。写真は何十年も光にさらされることがなかったせいでよく保存されているようだった。

写真に手が届くよう二列に並んだカセット・テープを取り除いた。自分が帰郷するまえに家族が段ボール箱を開けた場合に備えてサンタネロは意図的に隠そうとしたのだろうか。ボッシュはカセット・テープをひとまとめにし、段ボール箱の外へ出した。

写真は全部で四十二枚あり、ヴェトナムでのさまざまな経験を写したものだった。低木地帯から撮った写真、ホワイト・エレファントの物売りのヴェトナム人少女たちの写真、ボッシュにはサンクチュアリ号だとわかる病院船で撮った写真、そして皮肉にも、低木地帯と果てしなくつづくように見える格子状の水田上空を飛ぶヘリコプターから撮った写真。

ボッシュはそれらの写真をひとつにまとめた。時系列順でもなくテーマ別にでもなく、ばらばらに。ごった混ぜの画像だったが、いずれもとても見覚えのあるものに思えた。だが、そうした漠然とした感覚は、サンクチュアリ号の上甲板で撮影された三枚の連続した写真に出くわしたとき、ひとつの確実な記憶に結晶化した。上甲板は、ボブ・ホープとコニー・スティーヴンスをフィーチャーしたクリスマス・イブ・ショーを見るため、二百人の負傷兵でごった返していた。最初の写真では、ふたりのパフォーマーが隣り合って立ち、スティーヴンスは口を開けて歌っているところで、うっとりと聞き入っている前列の兵士たちの顔が写っていた。二番目の写真は、船首に集まっている聴衆に焦点が合わされ、水面の遠くにモンキー・マウンテンことソンチャ山が見えていた。三番目の写真は、ショーの終わりのスタンディングオベーションに向かってボブ・ホープが手を振り、別れを告げているところだった。

ボッシュはその場にいた。トンネル内で竹槍に刺されて負傷し、ボッシュは一九六九年十二月に四週間、サンクチュアリ号で処置を受けた。負傷自体はすぐに治ったが、体内に広がった感染がなかなかしつこかった。病院船での治療のあいだにもともとスリムだった体はさらに九キロ痩せたのだが、その月の最終週には健康を恢復し、クリスマスの翌日の復帰命令を受けた。

　ホープとその一座の登場は何週間もまえに予定されており、船に乗っているほかのみんなとおなじようにボッシュは伝説のエンターテイナーと、彼が呼んだゲスト、有名女優兼歌手であり、TVドラマの「ハワイアン・アイ」や「サンセット77」に出ていたのでボッシュにも見覚えのあったスティーヴンスを見るのを楽しみにしていた。

　だが、クリスマス・イブ当日、南シナ海は強風が吹いて、波が高くなり、船を翻弄した。ホープとエンターテイナーたち、そして彼らを支えるバンドの面々を乗せた四機のヘリコプターが扇状船尾に近づいたとき、船にいる男たちは上甲板に集まりはじめた。ところが、ヘリが接近してくるにつれ、不安定な船への着陸はあまりにもリスクが高いと判断された。サンクチュアリ号はヘリコプターが発明されるまえに建造されたものだった。扇状船尾に作られた狭い発着場は、宙に舞う郵便切手のようだった。

　男たちはヘリコプターが方向を変え、ダナンに戻っていくのを目にした。いっせいにうめき声が観客たちのあいだを走った。男たちがゆっくりと甲板を離れ、それぞれの船室へ戻っていこうとしはじめたとき、だれかがダナンの方角を見て、叫んだ。

「待て――みんな戻ってくるぞ！」

その叫びは部分的に正しかった。四機のヘリコプターのうち一機だけが方向転換をふたたびおこなってサンクチュアリ号に戻ってこようとした。パイロットは三度緊迫した試みをおこなったのち、着地に成功し、スライドドアからボブ・ホープが降りてきた。コニー・スティーヴンスとニール・アームストロング、そしてクエンティン・マッキンジーという名のジャズ・サクソフォン奏者とともに。

ほぼ五十年経っているというのに、そのときのことを考えると、甲板に戻ってくる人群れからわき起こった歓声が蘇って、ボッシュの背中に電流が走った。バックアップのバンドもバックアップのシンガーもいなかったが、ホープとその一行は、パイロットにヘリの方向転換と着陸をするよう伝えたのだ。いやはや、ニール・アームストロングは五カ月まえに月に着陸したというのに、ヘリを船に下ろすのがどれほど難しかったことか。

アームストロングが兵士たちに励ましの言葉を述べ、マッキンジーはサックスでソロの即興フレーズ《リック》をいくつか奏でた。ホープは気の利いた短いジョークを連発し、スティーヴンスはアカペラで、ジュディ・コリンズのヒット曲「青春の光と影」をスローなアレンジで歌い上げ、聴衆の胸を張り裂けさせた。ボッシュはそのときを兵士としての最高の日のひとつだと覚えていた。

　何年もあとでロス市警刑事時代のボッシュは、『マンマ・ミーア！』というミュージカルの西海岸公演初日にシュバート・シアターで私服警備の任に就いた。相当なVIPの出席が予想されており、ロス市警はシアターの自前の警備を補うよう求められたのだった。正面ロビーに立ち、人々の顔や手に目を走らせているとボッシュはVIPたちのなかにコニー・スティーヴンスがいるのをふと目にした。ストーカーのように人群れを縫って、ボッシュは彼女に近づいた。ベルトからバッジを外し、強引に進んで、近づかねばならないときに備えて、それをてのひらに隠した。だが、ボッシュは問題なく彼女にたどりつき、会話をしている彼女のあいまを捕らえ、声をかけた。

「ミズ・スティーヴンス？」

　スティーヴンスはボッシュを見た。ボッシュは自分の話を伝えようとした。すなわち、あの日、彼女とボブ・ホープとほかの出演者たちがパイロットにヘリコプターを引き返させたとき、自分がサンクチュアリ号にいたこと。そのときもいまもそれが自分にどういう意味があったかを彼女に伝えようとしたのだが、なにかが喉につかえ、言葉をうまく紡げなかった。やっと口にできたのは、「一九六九年クリスマス・イブ。病院船」だけだった。

スティーヴンスは、一瞬ボッシュを見つめ、理解すると、ボッシュを引き寄せてハグした。耳元で彼女は囁いた。「サンクチュアリ号。あなたは故郷に帰ってきたのね」

ボッシュはうなずき、ふたりは離れた。なにも考えず、ボッシュは自分のバッジを彼女の手に渡した。それから立ち去り、自分の仕事をするため、人群れのなかに戻った。バッジを紛失したと報告したあと、ハリウッド分署のほかの刑事たちから数週間囂々《ごうごう》の非難を浴びた。だが、シュバート・シアターでコニー・スティーヴンスに会ったのは、警官としての最高の日のひとつだと思っていた。

「まだそこで調べてるんですか？」

ボッシュは追想から我に返った。サンクチュアリ号の上甲板の群衆を写した写真にまだ目を据えたままだった。

「ええ」ボッシュは声を張り上げた。「もう少しで終わります」

ボッシュはその写真を吟味するのに戻った。群衆のどこかに自分がいるのはわかっていたが、自身の顔は見つけられなかった。もう一度サンタネロの写真全部に目を通したが、彼はカメラを構えているのでそこには写っていないのはわかっていた。

やがてボッシュは一枚の写真を手にして、しげしげと眺めた。長時間露光撮影の一枚で、モンキー・マウンテンのシルエットが、うしろからの夜間戦闘中の燐光で浮かびあがっているところが写っていた。その山の頂上にある通信拠点が頻繁に襲撃されているとき、サンクチュアリ号の甲板に兵士たちが並んでその光のショーを見ていたのをボッシュは覚えていた。

ボッシュの下した結論は、サンタネロが才能のある写真家であり、もし戦争を生き抜くことがあったら、プロのキャリアを積んでいたかもしれないというものだった。丸一日でもこれらの写真を見ていられただろうが、いまはかたわらに置いて、死んだ兵士の所持品調査を完了しなければならなかった。

次にサンタネロのカメラを収めている赤い箱を開けた。ライカM4だった。軍服の腿ポケットにピッタリ入るコンパクト・カメラだ。黒いボディーは、低木地帯に出ていてもあまり光を反射しないようになっていた。ボッシュは箱のほかの部分を調べたが、取扱説明書があるだけだった。

ライカが高価なカメラだとボッシュは知っていた。サンタネロは真剣に写真に取り組んでいたのだろうと推測する。とはいえ、その箱には印画された写真は多くなかった。ネガのストリップが入っている封筒を確認し、プリントされたよりもはるかに多くの写真が現像されたフィルムに写っていたのだろうと判断した。サンタネロはヴェトナムにいるあいだ、写真をプリントする金かそのためのアクセス手段を持っていなかったのにちがいない、とボッシュは考えた。たぶん合衆国の故郷に戻ってからそれをする計画だったのだろう。

最後にボッシュがしたのは、カメラの裏蓋を開け、サンタネロが内部の空間を利用してさらに麻薬を密輸しようとしていたかどうか確認することだった。ところが、巻き取りリールにフィルムが巻かれているのが目に入った。最初、未感光のフィルムに光を当ててしまったかと思ったが、巻かれているフィルムをほどいてみると、それが現像済みネガであることがわかった。それを巻き直して、カメラのなかに隠していたのだ。

そのフィルムはもろく、ボッシュがほどいて、写っている画像を見ようとしたら、手のなかで割れてしまった。ボッシュは懐中電灯の光を三枚の撮影済み写真が並んでいるネガ・ストリップに当てた。個々のショットが、山のようなものを背景にしたひとりの女性の写真であることをボッシュは目にした。

そして、その女性は赤ん坊を抱いていた。

16

翌朝、ボッシュはバーバンクに車で出かけ、ボブ・ホープ空港とヴァルハラ・メモリアル・パーク墓地近くの商工業地域に入った。墓地から二ブロック進んだところで、フラッシュポイント・グラフィックス社の駐車場に車を入れた。あらかじめ電話を入れて、アポイントを取っていた。

フラッシュポイント社は、広告看板や建物、バス、その他ありとあらゆる広告媒体向けの大型デジタル写真を提供して、手広く事業を広げている会社だった。いつでも、そのみごとな成果を、ロサンジェルスやその周辺の幅広い場所で目にすることができた。サンセット・ストリップで、フラッシュポイント社のこしらえた写真が目に入らない角度はどこにもなかった。そして同社はガイ・クラウディという名の男がすべて取り仕切っていた。クラウディは、もともと、ロス市警の鑑識写真担当者だった。ボッシュとクラウディは、一九八〇年代と九〇年代に数多くの事件現場で共に働いていたが、やがてクラウディは自分で写真とグラフィック事業を立ち上げるため、市警を辞めた。ふたりは永年にわたり連絡を取り合ってきた。たいていは毎シーズン一、二度、ドジャースの試合を見にいっていた。その日の朝、ボッシュはクラウディに頼み事があると電話し、クラウディはボッシュに来てくれと答えた。

ジーンズとトミーバハマのシャツというカジュアルな出《い》で立《た》ちで、クラウディは、なんの特徴もない受付エリアでボッシュと会い――フラッシュポイント社はアポなし客に頼っていなかった――かなり贅沢な造りをしているが、やりすぎというほどではないオフィスにボッシュを案内した。壁にはドジャースの栄光の年月の写真が額に入れて吊るされていた。クラウディが短期間、チーム専属のカメラマンとして写真を撮っていたのをボッシュは訊かずとも知っていた。一枚の写真はマウンド上で小躍りしているフェルナンド・バレンズエラの姿を撮ったものだった。バレンズエラがかけている眼鏡から、その写真が撮られた瞬間をボッシュは掴むことができた――数々の逸話で名高いピッチャーのキャリアが終盤に向かっているときのことだった。ボッシュはその額を指さした。

「ノーヒットノーラン」ボッシュは言った。「一九九〇年のカージナルス戦だ」

「そのとおり」クラウディは言った。「記憶力がいいな」

「エコー・パークで監視任務に就いていた。高台にあるホワイト・ノール・ドライブにいた。おれとフランキー・シーハンが組んでいた――ドールメイカー事件を覚えているかい？」

「もちろんだ。あんたは犯人を捕まえた」

「ああ、だが、あの夜はホワイト・ノール・ドライブで別の男を監視しており、その高台からスタジアムが見えたんだ。ヴィニーがノーヒットノーランが続いていると放送しているのにおれたちは耳を傾けていた。まわりの家の開いている窓すべてから放送が聞こえたんだ。おれは監視をやめて、最終回に駆けつけたかった。ほら、バッジをかざしてスタジアムへいき、観戦するんだ。だが、おれたちはその場に留まり、ヴィニーの声に耳を傾けた。ダブルプレーで終わったのを覚えている」

「ああ、あれは予想していなかった――ペドロ・ゲレーロがゲッツーを打ったんだ。おれはフィルムを巻き戻していたので、あの写真を取り損ないそうになった。ところで、なあ、ヴィニーがいなくなって、おれたちはどうすればいいんだ？」

クラウディが言っているのは、ヴィン・スカリーの引退のことだった。一九五〇年以降ずっとドジャースの試合を実況している尊敬に値するアナウンサーだ――その信じられないほど長い記録は、チームがブルックリン・ドジャースだった時代まで遡る。

「どうだろう」ボッシュは言った。「ヴィニーはブルックリンでアナウンサーとしてスタートを切ったかもしれないが、彼はこの街の声だ。彼がいなくなればおなじではなくなるだろうな」

ふたりは机をあいだにはさんでどんよりとした気分で腰を下ろしたが、ボッシュが話題を変えようとした。

「で、なんともでかい場所を手に入れたもんだな」ボッシュは友人の事業がとても大きくなっていることに心から感嘆して言った。「想像もつかなかった」

「三千七百平方メートルだ——家電量販店の〈ベストバイ〉の店舗なみの広さだ」クラウディは言った。「しかももっとスペースを必要としているんだ。だけど、知ってるか？ おれはあの犯罪捜査がらみの用事をいまも恋しく思っているんだ。おれができる犯罪捜査がらみの用事を持ってきたと言ってくれ」

ボッシュは笑みを浮かべた。

「まあ、ひとつ謎を持ってきたんだが、犯罪要素がからんでいるとは思わない」

「謎はいいな。謎を引き受けよう。どんなものだ？」

ボッシュは車から持ってきた封筒をクラウディに手渡した。そこには女性と赤ん坊の写真を含むネガが入っていた。ボッシュはそのネガをオリビア・マクドナルドに見せたが、女性あるいは子どもが何者なのかオリビアにはわからなかった。ボッシュとおなじように強い興味を抱いて、オリビアは洗面道具キットとともにその封筒を持っていくことを認めてくれた。

「私立探偵の案件に関わっているんだ」ボッシュは言った。「そしてそのネガを見つけた。ほぼ五十年まえのネガで、エアコンや暖房設備のない屋根裏部屋に置かれていた。いちばん上にあったネガはダメージを受けていた——おれが見つけたとき、手のなかで割れて、バラバラになってしまった。そのネガにどんな対処ができるのか知りたいんだ」

クラウディは封筒を開け、中身を机の上にこぼした。身をかがめ、触らずにネガ・ストリップの割れた欠片をまっすぐ見下ろした。

「ネガの一部には、山頂をまえにしたひとりの女性が写っているようなんだ」ボッシュは言った。「ネガ全部に興味があるんだが、最大の関心の的はその女性だ。場所はヴェトナムのどこかだと思う」

「ああ、一部にヒビが入っているな。割れているのもある。ＦＵＪＩフイルムだ」

「それにどんな意味がある？」

「通常、とても耐久性があるんだ。この女性は何者だ？」

「わからん。だからこそ、彼女をちゃんと見たいんだ。それに彼女が抱いている赤ん坊も」

クラウディは言った。「わかった。なんとか手を打てるだろう。ラボのうちのスタッフができる。洗い直し、乾かし直そう。それから印画する。一部に指紋が見える。かなりあとになって付けられたのかもしれない」

ボッシュはその点について考えた。ボッシュの推測では、これらの写真を撮影したのはサンタネロだ。ネガはサンタネロのカメラと、彼が撮影したほかのネガといっしょにあった。だれか他人がヴェトナムの兵士に現像済みネガを送ったりするものだろうか？　だが、もしそれが疑問視されるとしたら、指紋が役に立つかもしれなかった。

「いつまでに必要だ？」クラウディが訊いた。

「きのうまでに」ボッシュは言った。

クラウディは笑みを浮かべた。

「当然だな」クラウディは言った。「あんたは急いでやってくれ《ハリーアップ》・ハリーだ」

ボッシュはほほ笑み返し、うなずいた。クラウディがロス市警を離れたあと、だれもその名でボッシュを呼ぶ者はいなかった。

「じゃあ、一時間くれ」クラウディは言った。「休憩室にいって、ネスプレッソを飲んでもらってもいいぞ」

「おれはああいうのが嫌いなんだ」ボッシュは返事をした。

「そうか、じゃあ、墓地に散策にいくといい。そのほうがあんたのスタイルにふさわしい。一時間だ」

「一時間だな」

　ボッシュは立ち上がった。

「オリヴァー・ハーディによろしくと伝えてくれ」クラウディは言った。「彼はそこに眠っているんだ」

「伝えるよ」ボッシュは言った。

　ボッシュはフラッシュポイント社をあとにし、ヴァルハラ・ドライブを歩いていった。巨大な記念碑のそばにある墓地に入ってから、ホイットニー・ヴァンスについて調べたなかで、ヴァンスの父親がここに埋葬されていることを読んだことを思いだした。カリフォルニア工科大学に近く、ボブ・ホープ空港を利用するジェット機の進路の下にあるこの墓地は、航空産業のさまざまなパイオニアたちや、設計者、パイロット、曲乗り飛行士の最後の安らぎの場になっていた。航空機産業に捧げる聖堂、翼を折りたたんだ者たちの表玄関と呼ばれている背の高いドーム状建造物のなかや周辺に彼らは埋葬されたり、記念碑が建てられたりしていた。聖堂のタイル張りの床にボッシュはネルスン・ヴァンスの記念碑を見つけた。

ネルスン・ヴァンス
預言者的空のパイオニア
アメリカ合衆国空軍力の最初期の唱道者。その預言的ヴィジョンと指導力が、戦争と平和におけるアメリカ空軍の覇権の要因だった。

記念碑の横にもうひとり分の埋葬スペースが空いているのにボッシュは気づき、ホイットニー・ヴァンスの最後の目的地としてすでに押さえられているのだろうか、と思った。

ボッシュはそぞろ歩いて聖堂を出、二度のスペースシャトルの惨事で亡くなった宇宙飛行士の記念碑にやってきた。そこから緑の芝生の向こうを見渡し、大きな噴水のそばで埋葬式がはじまるのを目にした。墓地のそれ以上先には進むまいと決めた。悲しみに沈んでいる人々のなかに見物客がいてはなるまい。ローレル&ハーディのコメディ・コンビの体重が重たいほうの片割れの墓を探すことなく、ボッシュはフラッシュポイント社に引き返した。

ボッシュが戻るとクラウディはすでに用意をして待ち構えていた。ボッシュはラボの乾燥室に急いで通され、そこには九枚の8×10《エイト・バイ・テン》サイズの白黒の印画紙がプラスチック・ボードにクリップ留めされていた。写真は現像液でまだ濡れており、ラボの技術者が過剰な現像液を取り除くためスクィージーを使って、仕上げ処理をしていた。写真の外枠が一部のプリントで見えるようになっており、クラウディが指摘していた指紋がそこにいくつか写っていた。露光過剰で完全にシロ飛びしている写真もあれば、ネガにさまざまなダメージの痕が残っている写真もあった。だが、少なくとも九十パーセントは無事な三枚の写真があった。そしてそのうち一枚があの女性と子どもの写真だった。

ボッシュが最初に気づいたのは、女性がヴェトナムの山のまえに立っていると思ったのはまちがいだったことだ。山の斜面ではなく、ヴェトナムではなかった。サンディエゴの近くにあるホテル・デル・コロナドの屋根の特徴的な輪郭だと見分けがついた。いったん場所がわかると、ボッシュは女性と赤ん坊の詳しい点検に移った。生後一、女性はラテン系であり、赤ん坊の髪の毛にリボンが結ばれているのがわかった。

二ヵ月の女の子だ。

女性の口は笑みを浮かべてあいており、心から幸せそうだった。ボッシュは彼女の目をよく見て、そこに幸福の光が浮かんでいるのを捕らえた。その目には愛情が浮かんでいた。赤ん坊への。カメラを構えている人物への。

別の二枚の写真は、フルフレームのものと途中で切れたものであり、デル・コロナドのうしろにあるビーチで撮影された一連の写真の一部だった。女性の写真、赤ん坊の写真、きらめく波の写真。

「役に立つかい？」クラウディが訊いた。

彼はボッシュの背後に立ち、ボッシュがプリントを吟味するのを邪魔しないようにしていた。

「そう思う」ボッシュは言った。「ああ」

ボッシュは状況の完璧さを考えていた。写真と被写体は、ドミニク・サンタネロがヴェトナムから所持品を故郷へ送り返す際に隠そうとしたほど彼にとって重要なものだった。問題はその理由だ。赤ん坊はドミニクの子どもなんだろうか？　オクスナードの家族がなにも知らない秘密の家族を彼は持っていたのか？　もしそうなら、なぜ秘密にしていたのだ？　ボッシュは写真の女性をじっくり眺めた。彼女は二十代半ばから後半の年齢のように見える。ドミニクはまだ二十歳にもなっていなかった。年上の女性との関係が両親や姉に話さなかった理由なのか？

　もうひとつの疑問は場所についてだった。写真はホテル・デル・コロナドで、あるいはその近くのビーチへの旅行中に撮影されたものだ。それはいつのことだ？　そしてなぜあきらかに合衆国内で撮影された写真のネガ・ストリップが、ヴェトナムから故郷へ送る所持品のなかに含まれていたのか？

　ボッシュはふたたび写真に目を走らせ、撮影時期を突き止めるのに役立つものを探そうとした。なにも見つからなかった。

「こんなこと言って役に立つかどうかわからんが、この写真を撮影したやつは腕がいい」クラウディが言った。「いい目を持っている」

　ボッシュはうなずいた。

「そいつは死んだのか？」クラウディが訊いた。

「ああ」ボッシュは答えた。「ヴェトナムから帰ってくることはなかった」

「それは残念だな」

「ああ。ほかの作品もいくつか見た。低木地帯から撮影した写真や、任務の最中に撮影した写真を」

「それも見たいな。ひょっとしたら、それでなんらかのことができるかもしれない」

ボッシュはうなずいたが、目のまえの写真に集中していた。

「この写真がいつ撮影されたかわからないだろうな？」ボッシュは訊いた。

「ああ、フィルムにタイムスタンプはついていない」クラウディは言った。「当時はほとんどそんな習慣はなかった」

ボッシュはそんなことだろうと予想していた。

「だけど、いつフィルムが製造されたかは教えられるぜ」クラウディが付け加えた。「三ヵ月内の範囲で。ＦＵＪＩは製造サイクルごとにストックされるフィルムにコードを付けていたんだ」

ボッシュは振り返り、クラウディを見た。

「教えてくれ」

クラウディはまえにやってきて、割れたネガから焼き付けたプリントの一枚のところにいった。ネガのフレームがプリントの一部になっていた。クラウディは、フレーム内の文字と数字を指さした。

「ＦＵＪＩはフィルムに製造年と三ヵ月ごとの製造期間を記しているんだ。ほら、ここに見えるだろ？　これだ」

クラウディはコード部分を指さした――70―AJ。

「このフィルムは一九七〇年の四月《エイプリル》から六月《ジューン》のあいだに製造されたんだ」

ボッシュはその情報をじっと考えた。

「だけど、フィルムはそのあとのいつでも使用されうる、そうだな？」ボッシュは訊いた。

「そうだ」クラウディは言った。「いつ製造されたかを記してあるだけで、いつカメラのなかで使われたかはわからない」

それに関してなにかが加わることはなかった。当該フィルムは早くて一九七〇年四月に製造され、カメラマンのドミニク・サンタネロは一九七〇年十二月に戦死した。その八ヵ月間のどこかでそのフィルムを購入し、使用し、自分の所持品といっしょに故郷へ送り返したのだ。

「それがどこかわかるだろ？」クラウディが訊いた。

「ああ、デル・コロナドだ」ボッシュは言った。

「あまり変わっていないのは確かだ」

「そうだな」

ボッシュは母と子どもの写真をまた見つめた。そして合点がいった。わかったのだ。

ドミニク・サンタネロは、一九六九年にサンディエゴ地域で訓練を受けていたが、その年の終わりまでは海外へ派兵されなかっただろう。ボッシュはもっとも早くて一九七〇年四月にサンディエゴで撮影された写真を見ていた。それはサンタネロがヴェトナムにいってからずいぶんあとだった。

「戻ってきたんだ」ボッシュは言った。

「なんだって?」クラウディが訊いた。

ボッシュは答えなかった。ボッシュは波に乗っていた。さまざまなことが雪崩《なだ》れ落ちてきて、ひとつにまとまろうとしていた。箱のなかの私服、ブラシの剛毛のなかの長髪、小型トランクのなかから外されていた写真、ビーチの赤ん坊の隠されていた写真。サンタネロは、合衆国に非公認の帰還の旅をしたのだ。彼は自分の犯罪の証拠になる写真のネガを隠した。ガールフレンドに会うため軍法会議と営倉入りの危険を冒したのだ。

そして生まれたての娘に会うために。

いまやボッシュは知った。どこかに跡継ぎがいる。一九七〇年に生まれた跡継ぎが。ホイットニー・ヴァンスには孫娘がいた。ボッシュはそれを確信した。

17

クラウディは曲がったり、傷んだりしないよう、写真すべてを堅い厚紙のフォルダーに入れてくれた。車のなかでボッシュはフォルダーを開け、もう一度、女性と赤ん坊の写真を見た。自分の説を立証するにはたくさんの課題があり、なかにはけっして立証できないだろう要素もあるとわかっていた。フォルダーの写真を生みだしたネガ・フィルムは、ドミニク・サンタネロのカメラのなかで見つかったが、かならずしもそれは彼自身がその写真を撮影したことを意味していなかった。写真はサンタネロのために撮影され、ヴェトナムへ郵送されたかもしれない。それは完全に捨てられない可能性があるとわかっていたものの、ありそうにないシナリオだと勘が告げていた。ネガは、サンタネロのカメラと、彼が撮影した写真のほかのネガとともに見つかった。サンタネロが女性と赤ん坊の写真を撮影したのは、ボッシュには明白だった。

自説に未解決で残っているもうひとつの問題は、サンタネロが自分と女性との関係と父親になったことを家族に秘密にしていた理由だ。とくにオクスナードにいる姉に秘密にしていたのはなぜだ。家族の力学は指紋とおなじくらいおなじものがないとボッシュはわかっていた。オリビアからサンタネロ一家のなかの関係の真実を引きだすには、さらに数度、彼女を訪ねる必要があるかもしれない。自分の時間のもっとも有効な使い方は、サンタネロがホイットニー・ヴァンスの息子であり、彼は跡継ぎ——ホテル・デル・コロナドの写真に写っていた赤ん坊——を産ませたかもしれないことを証明する、あるいはそうでないことを証明することだと判断した。ほかの説明は後回しにしてかまわないだろう。その時点でまだ問題になるとすれば。

ボッシュはフォルダーを閉じ、附属のゴムバンドをそのまわりにはめた。

車を発進させるまえにボッシュは携帯電話を取りだし、海軍犯罪捜査局の捜査官、ゲーリー・マッキンタイアに電話した。昨日、オリビア・マクドナルドは、ボッシュに自分の弟の兵役記録を受け取り、目を通させる許可を与える電子メールをマッキンタイアに送っていた。ボッシュは調査状況をマッキンタイアに確認しようとした。

「全部をまとめ終わったところだ」マッキンタイアは言った。「電子メールで送るには、ファイルがでかすぎる。ダウンロード・サイトに置いて、パスワードをメールで知らせるよ」

ボッシュはいつ自分が大きなデジタル・ファイルをダウンロードするためのコンピュータ端末にたどり着けるのか定かではなかった。あるいは、そのやり方がわかるのかどうかが不明だった。

「それでいい」ボッシュは言った。「だけど、おれはきょうサンディエゴに向かうんでファイルにアクセスできるかどうかわからないんだ。きみが見つけてくれたサンタネロの訓練中の記録を知りたい——これからそこにいくんだから」

ボッシュはしばらく黙って相手の反応を待った。マッキンタイアのような職員は、全米からの記録要請で忙殺されており、次の案件に移る必要があるのはわかっていた。だが、ボッシュは、サンタネロ——四十六年まえに戦死した兵士——のファイルにまつわる込み入った話が勝利を収め、少なくとも電話で二、三の質問に答えるくらいマッキンタイアを動かすことを期待していた。海軍犯罪捜査局の捜査官は、たぶん日々の大半を、麻薬およびアルコールが原因で引き起こされた犯罪の容疑で訴追を受けたり、ベイカー条例病棟に閉じこめられたりしている湾岸戦争の帰還兵に関するファイルを引っ張りだすことで費やしているのだろう。

やがてマッキンタイアは返事をした。

「たったいま机に届いたばかりの〈サブウェイ〉のミートボール・サンドイッチをぱ

くっついている音がするのを気にしなければ、ファイルを見て、二、三の質問に答えてかまわない」

ボッシュは手帳を引っ張りだした。

「問題ない」ボッシュは言った。

「なにを探しているんだ？」マッキンタイアが訊いた。

「こちらの手持ちの情報が正しいのを確かめるため、サンタネロの任命に関して簡単に教えてくれることからはじめられないだろうか？　つまり、どこにいつ赴任するのを任命されたか？」

「いいとも」

ボッシュはマッキンタイアが音高くサンドイッチをぱくつきながらサンタネロの軍での任命先記録を読み上げるのを聞いて、メモを取った。サンタネロは一九六九年六月にサンディエゴ海軍訓練センターで新兵訓練を受けるため、やってきた。訓練を終えるとバルボアの海軍病院にある病院衛生兵学校に移るよう命令を受けた。そののち、サンタネロの訓練は、オーシャンサイドのキャンプ・ペンドルトンにある野外医療学校で継続された。十二月にサンタネロはヴェトナムへ向かう命令を受けた。病院船サンクチュアリ号が赴任先だった。その船で四ヵ月務めたのち、ＴＡＤ

（臨時追加任務《テンポラリー・アディショナル・デューティー》）命令を受け、ダナンの第一医療大隊へ移った。その時点から低木地帯へ侵入する海兵隊偵察部隊に同行をはじめた。第一医療大隊へは七ヵ月留まったあげく、任務中に戦死した。

オリビア・マクドナルドの屋根裏部屋にあったサンタネロの所持品のなかに見つけた、スービック湾の袖章付きジッポー・ライターのことをボッシュは考えた。ライターはまだあの箱のなかにあり、記念品のように見えた。

「では、サンタネロは一度もオロンガポにいたことはないんだな？」ボッシュは訊いた。

「ない。ここにある資料には記されていない」マッキンタイアが答えた。

サンタネロは、ひょっとして、そのライターをフィリピンの基地に任命されていた医療兵か兵士と交換して手に入れたのかもしれない、とボッシュは考えた。おなじ任務についていた相手あるいはサンクチュアリ号で手当てをした人間から。

「ほかになにか訊きたいことは？」マッキンタイアが訊いた。

「そうだな、話をできる相手をこれから探そうとしているんだ」ボッシュは言った。「サンタネロが親しかった人たちを。基礎訓練からバルボアにいたるまでのあいだにサンタネロが受けたＴＡＤ命令の記録はあるだろうか？」

ボッシュは待った。食事中に質問に答えると同意したときマッキンタイアが予想していた調べ物をまさに訊ねようとしていた。自身の経験から、軍での兵士訓練と任命がランダムにおこなわれているせいで、兵士間の関係は長続きしないのをボッシュは知っていた。だが、サンタネロは衛生兵として訓練を受けていたことから、おなじ過程をたどったほかの衛生兵がひとりかふたりはいるかもしれず、彼らは見知らぬ者たちの海のなかで見慣れた顔として絆を結んでいる可能性があった。

「ああ、あった」マッキンタイアが言った。

「おなじ命令で異動した人員全部が載っているかい？」ボッシュは訊いた。

「ああ。サンタネロが受けた基礎訓練から十四名がバルボアへ移っている」

「よし、いいぞ。今度はバルボアからペンドルトンの野外医療学校への異動命令はどうだ？　その三つのステップ全部をサンタネロといっしょに動いた人間はいるかい？」

「基礎訓練からバルボアに移り、さらにペンドルトンへ移ったという意味か？　くそっ、それを調べるには一日がかりになりかねないぞ、ボッシュ」

「たくさんいるのは知っている。だけど、もし手元にそのリストがあるなら、そこに載っている十四名のなかでサンタネロといっしょにペンドルトンへ移った人間はいるだろうか？」

　ボッシュはその要望はマッキンタイアが示唆しているのよりもややこしくないと考えていたが、わざわざそれを口には出さなかった。

「ちょっと待ってくれ」マッキンタイアはぶっきらぼうに言った。

　ボッシュは黙った。間違ったことを口にして協力を台無しにするような可能性のあることをしたくなかった。四分間、マッキンタイアからは咀嚼音《そしやくおん》を含め、なんの音も聞こえずに過ぎた。

「三人だ」マッキンタイアがようやく言った。

「じゃあ、その三人がサンタネロといっしょに三つの訓練機関にいたんだな？」ボッシュは訊いた。

「そのとおりだ。書き取る準備はいいか？」

「いいぞ」

　マッキンタイアが三人の名前を読み上げ、スペルを告げた――ホルヘ・ガルシア＝ラビン、ドナルド・C・スタンリー、ヘイリー・B・ルイス。オリビア・マクドナルドから見せられた写真で、サンタネロが着ていたシャツにルイスの名前がステンシル刷りされていたのをボッシュは思いだした。ふたりが緊密な関係だった印としてボッシュは受け取った。正しい方向に向かっている、とボッシュはわかった。

「ところで」マッキンタイアが言った。「三人のうちふたりは戦死している」

デル・コロナドの写真に写っていた女性と赤ん坊の身元を確認するのに役立ってくれるかもしれない相手を見つけだすというボッシュの期待がすぼんだ。

「三人のうちだれだ？」

「ガルシア＝ラビンとスタンリーだ」マッキンタイアは言った。「これから仕事に戻らないといけないんだ、ハリー。いま言った情報は全部、ダウンロード可能なファイルに入っている」

「できるだけはやく手に入れるよ」ボッシュはあわてて言った。「最後にひとつだけ教えてくれ。それで解放する。ヘイリー・B・ルイス。その名前の人物の生まれた街、あるいは生年月日はあるだろうか？」

「フロリダ州タラハシーと書いてある。おれにわかるのはそれだけだ」

「じゃあ、おれにわかるのもそれだけだな。いくら感謝してもしたりないよ、ゲーリー。いい一日を」

ボッシュは電話を切り、車を発進させ、170号線に向かって西へ進んだ。その方向は、サンフェルナンドにたどり着く。ボッシュの計画は、サンフェルナンド市警のコンピュータを利用して、ヘイリー・B・ルイスを追跡し、彼が軍隊仲間のドミニク・サンタネロ衛生兵についてどれだけ思いだせるか確かめてみることだった。運転しながら、そのパーセンテージについて考えた。四人の男が基礎訓練と予備医療訓練を経、野外医療学校でいっしょに過ごしている。そののち、彼らはいっしょにヴェトナムに船で送られ、四人のうちひとりしか生きて故郷に戻れなかった。

自身のヴェトナムでの経験から、衛生兵が価値の高い攻撃目標であることをボッシュは知っていた。衛生兵はどのベトコンの狙撃手のリストでも、中尉と無線兵に次ぐ、ナンバー・スリーだった。まずリーダーを倒し、つぎに通信手段を断ちきる。そのあと、トリアージ担当を取り除けば、敵部隊を完全な恐怖と混乱に陥れることができる。ボッシュが知っている衛生兵の大半は、偵察任務で自分たちの役割を示す目印になるようなものをいっさい身につけていなかった。

ヘイリー・B・ルイスは自分がどれほど幸運だったか知っているのだろうか、とボッシュは思った。

18

ボッシュはサンフェルナンドへ向かう途中でホイットニー・ヴァンスの専用電話番号へ電話をしたが、またしても留守録のビープ音が返ってきた。もう一度ヴァンスに折り返し電話をかけてくれるよう伝言を吹きこんだ。電話を切ってから、依頼人としてのヴァンスの状態はどうなっているのだろう、とボッシュは考えた。もしヴァンスがもはやボッシュと意思疎通をおこなえる状態にないとすれば、それでも彼のために働きつづけるのか？　この案件に深入りしており、費やした時間の代金はすでに支払われていた。いずれにせよ、ボッシュははじめたことをやめるつもりはなかった。

次にボッシュは当てずっぽうで、フロリダ州タラハシーの電話案内に電話を入れてみた。ヘイリー・B・ルイスの名で登録されている電話番号がないか訊いてみたところ、その名で一件だけ登録されており、そこは法律事務所だという返事があった。そこへ繋いでもらうよう頼むと、すぐに秘書が出て、ボッシュは名乗った。キャンプ・

ペンドルトンの野外医療学校にいたドミニク・サンタネロの件でルイス氏と話がしたいと言ったところ、秘書にしばらくお待ちくださいと言われた。少なくとも一分が経過し、ボッシュはその時間を利用して、相手に話す内容を考えだそうとした。もしルイスが電話口に出たら、ヴァンスとの秘密保持契約を破らずになんと言おうか、と。

「ヘイリー・ルイスだ」ようやく男の声がした。「これはどういうことなのかな？」

「ルイスさん、わたしはロサンジェルスの調査員です」ボッシュは言った。「電話に出てくださってありがとうございます。故ドミニク・サンタネロに関係する調査に取り組んでいます。わたしは——」

「あいつは死んだよ。ニックは五十年ほどまえに死んだ」

「ええ、知ってます」

「あいつのなにを調査できるというんだ？」

ボッシュは用意していた返事を投下した。

「極秘調査なんですが、ドミニクが跡継ぎを残したかどうかの見定めに関係しているのだと言うことができます」

一瞬の沈黙ののち、ルイスが応じた。

「跡継ぎ？　あいつはヴェトナムで殺されたとき、十九歳そこそこだったんだぞ」

「そのとおりです。二十歳の誕生日まで一ヵ月のところでした。だからといって、彼が子どもの父親になれなかったことにはなりません」

「で、あんたが突き止めようとしているのはそれなのか？」

「そうです。彼が新兵訓練のためサンディエゴ郡にいて、そのあとバルボアとペンドルトンで訓練を受けていた時期にわたしは興味を抱いています。この件で海軍犯罪捜査局に問い合わせ、そこの捜査官から、ニックがヴェトナム行きの命令を受けるまであなたが彼とおなじ部隊にいたと聞きました」

「そのとおりだ。なぜ海軍犯罪捜査局がこんなことに関わっているんだ？」

「わたしがニックの兵役記録アーカイブ情報を手に入れるため連絡を取ったんです。あなたがニックとおなじ三ヵ所の訓練機関でいっしょだった三人のうちのひとりだと突き止めることができました。まだ存命なのはあなただけです」

「知ってる。言ってもらわなくてもいい」

ボッシュはヴィクトリー大通りを通ってノース・ハリウッドに入っており、いまは北に曲がって170号線に入ろうとしていた。サンガブリエル山脈の偉容がウインドシールドすべてを横切っていた。

「ニックに子どもがいるかどうかについておれがなにか知ってるかもしれないとなぜ

あんたは思うんだ？」ルイスが訊いた。

「なぜなら、あなたがたふたりは親密な仲だったからです」ボッシュは言った。

「どうしてそんなことがあんたにわかる？　たんにおなじ訓練部隊にいたからというだけで――」

「ニックはあなたの代わりに水泳試験を受けた。あなたのシャツを着て、あなたになりすましました」

長い沈黙ののち、ルイスはどうしてその話を知っているのかとボッシュに訊ねた。

「写真を見たんです」ボッシュは言った。「ニックのお姉さんがその話をしてくれました」

「ずいぶんひさしぶりにその話を思いだした」ルイスは言った。「だが、質問に答えるなら、ニックに跡継ぎがあったかどうか、おれは知らない。仮に子どもの父親になったとしても、その話をおれにはしなかった」

「もしニックが子どもの父親になったとしたなら、あなたたち四人が野外医療学校の最後に命令を受けたあとで、その女の子は生まれたはずなんです。ニックはヴェトナムにいっていたのですから」

「おれはスービック湾にいた。いま〝女の子〟と言ったな？」

「ニックが撮影した写真を見たんです。デル・コロナド近くのビーチで女性と女の子の赤ん坊が写っていました。母親はラテン系でした。当時、ニックが女性といっしょにいたことを覚えていますか？」

「ああ、ひとりの女性を覚えている。彼女はニックより年上で、あいつに魔法をかけたんだ」

「魔法？」

「ニックは彼女の呪文にかかったんだ。あれはおれたちがペンドルトンにいた最後のほうだった。ニックは彼女とオーシャンサイドにあるバーで出会ったんだ。あいつみたいな男を探して、彼女たちはバーに来ていた」

「あいつみたいな、とはどういう意味です？」

「ヒスパニック、メキシコ系という意味だ。当時、あのあたりじゃ、そのメキシコ系《チカーノ》アメリカ人の誇りというたぐいの考え方がまかり通っていた。彼女たちは基地からメキシコ系の新兵を引っかけようとしていた。ニックの肌の色は褐色だったが、両親は白人だった。卒業式のとき両親と会ったのでおれはそれを知っていた。だが、ニックは自分は養子だとおれに言い、実の母親はメキシコ人だとニックは知っていた。あの連中はそれに付けこもうとしたんだろう。ニックのほんとうのアイデンティティにという意味だ」

「で、あなたがおっしゃったその女性は、その企みの一部だったと？」

「ああ。正気に戻れ、とニックに言い聞かせようとした。おれとスタンリーで。だけど、自分は恋しているんだ、とニックは言った。メキシコ系の誇りとかじゃない。大切なのは彼女なんだ、と」

「ニックの相手の名前を覚えていますか？」

「いや、まったく。とんでもなく昔の話なんだぞ」

ボッシュは声に失望感を滲ませないように努めた。

「どんな様子でした？」

「黒髪で美人だった。年上だったが、それほど上じゃなかった。二十五歳、ひょっとしたら三十歳かもしれない。絵描きだと言ってた」

ルイスに当時のことを考えさせておけば、さらなる細部が思いだされるかもしれないとボッシュはわかっていた。

「どこでふたりは出会ったんでしょう？」

「〈サーフライダー〉だったはずだ——おれたちはしょっちゅうそこにたむろしていた。あるいは、基地の近くのバーのひとつだったかもしれない」

「で、ニックは週末の休みのたびに彼女に会いにいった？」

「ああ。時間ができるとニックは彼女に会いにサンディエゴのある場所に出かけていた。メキシコ人街《バリオ》のなかの場所で、フリーウェイだったか橋だったかの下にあった。そこのことをチカーノ・ウェイとかなんとか言ってたな。ずいぶん昔の話で、思いだすのが難しい。だけど、ニックはそこの話をしてくれた。公園みたいな場所にしようとしていて、フリーウェイに落書きを描いていた。そこに集っている連中をニックは自分の新しいファミリー《ファミリア》と呼びはじめていた。〝ファミリア〟というスペイン語を使っていたんだが、あいつは一言もスペイン語がわからないのに奇妙な話だった。けっして学ぼうとしなかったんだ」

いずれも興味深い情報で、ボッシュはすでに摑んでいる話のほかの箇所にそれが適合するのがわかった。次になにを訊こうかと考えているところに、タラハシーへの当てずっぽうの電話が決定的に報われるものがやってきた。

「ガブリエラだ」ルイスが言った。「いま浮かんだ」

「それが彼女の名前ですか？」ボッシュは言った。

声に昂奮を隠せなかった。

「ああ、そうだ。いま確信がある」ルイスは言った。「ガブリエラ」

「ラストネームは思いだせますか？」ボッシュは試してみた。

ルイスは笑い声を上げた。

「おいおい、クソのなかからファーストネームを引っ張りだしただけで、自分でも信じられないんだ」

「とても役に立ちます」

ボッシュは会話の切り上げにかかった。ルイスに自分の携帯電話番号を伝え、ガブリエラについて、あるいはサンディエゴにいたときのサンタネロについてほかになにか思いだしたら連絡してくれるよう頼んだ。

「じゃあ、あなたは軍隊勤務が終わってからタラハシーに戻ったんですね」ボッシュはたんに会話を切り上げようとして口にした。

「ああ、まっすぐ戻ってきた」ルイスは言った。「カリフォルニアもヴェトナムも、なにもかももう充分だった。おれはあのときからずっとここにいる」

「どんな法律業務をしているんです？」

「まあ、必要とされるあらゆる種類の法律業務さ。タラハシーのような街では、多角化しないと食っていけないんだ。ひとつだけやらないのは、フロリダステイト・セミノールズの選手を弁護することさ。おれはフロリダ・ゲーターズのファンなんだ。その一線は越えない」

ボッシュはルイスが州内でライバル関係にあるスポーツチームの話をしているんだなと類推したが、よくわからなかった。スポーツに関するボッシュの知識は、最近、ドジャース以外に、ラムズのロサンジェルスへの再復帰におざなりの興味を持つようになったくらいだった。

「ひとつ訊いていいかい？」ルイスが言った。「ニックに跡継ぎがいるかどうか知りたがっているのはだれだい？」

「訊ねるのはご自由です、ルイスさん。ですがそれはわたしが答えられない質問なんです」

「ニックはなにも持っていなかったし、彼の家族もたいして裕福ではなかった。これはあいつの養子縁組みに関わることなんだな？」

ボッシュは黙っていた。ルイスは図星をついていた。

「わかってる、あんたは答えられないと」ルイスは言った。「おれは弁護士だ。その態度を尊重せざるをえないだろうな」

ボッシュはルイスがほかになにか考えをまとめてさらなる質問をしてこないうちに電話を切ることにした。

「ありがとうございます、ルイスさん、ご協力に感謝します」

ボッシュは電話を切り、すでにルイスを見つけたとはいえ、サンフェルナンドへ向かいつづけようと決めた。〈網戸切り〉に関係する事柄のチェックをし、ルイスが提供してくれた情報の確認をするためインターネットで少し作業をするつもりだった。だが、最終的に自分が今回の案件でサンディエゴを目指して、南に向かうだろうと疑問の余地なくわかっていた。

数分後、サンフェルナンドのファースト・ストリートに入ったところ、警察署のまえにTV局のトラックが三台停まっているのが目に入った。

19

ボッシュは通用口から署に入り、裏の廊下を使って刑事部屋に向かった。メイン廊下と交差する箇所で、右手を見やると、点呼室のドアの外に人が集まっているのが目に入った。そのなかにはベラ・ルルデスがおり、彼女は視野の片隅でボッシュを捕え、手招きした。彼女はジーンズと黒いゴルフシャツ姿で、シャツの左胸にはサンフエルナンド市警のバッジが描かれ、所属部署名が記されていた。銃と本物のバッジはベルトに装着していた。

「なにごとだ？」ボッシュは訊いた。

「運がよかったの」ルルデスが言った。「〈網戸切り〉がきょう暴行を働こうとしたけど、被害者は逃げたの。本部長はもう充分だと言ってた。公開捜査に踏み切るつもりよ」

ボッシュはただうなずいた。それはまちがった動きだとまだ思っていたが、バルデスにかかるプレッシャーもわかっていた。以前の事件について把握していたことを公開せずにいたのは、充分悪く見えるだろう。その点についてはルルデスの言うとおりだった。本部長が点呼室にいて、マスコミに五件目のレイプについて話しているのではないのは、ふたりにとって幸運だった。

「被害者はどこにいる？」ボッシュは訊いた。

「司令室に」ルルデスは言った。「彼女はとても怯えている。少し時間を与えたの」

「どうしておれに連絡が来なかった？」

ルルデスは驚いた顔をした。

「警部の話では、あなたに連絡がつかなかったということだったけど」

ボッシュはただ首を横に振り、なにも言わないことにした。トレヴィーノ側の卑劣な動きだったが、心配しなくてはならないもっと重要なことがあった。

ボッシュは廊下にいるルルデスやほかの連中の頭越しに視線を投じ、記者会見をかいま見ようとした。部屋の奥にバルデスとトレヴィーノがいるのが見えた。マスコミの人間が何人姿を見せているのかわからなかった。おそらく記者たちは座っており、カメラを操作する人間はうしろにいるだろう。万事は、きょう、ほかになにがロサンジェルスで起こっているかによるとボッシュはわかっていた。英語圏向けマスコミにはほぼ無視されている人種の住むサンフェルナンドで連続レイプ犯が逃亡しているニュースは、たぶんたいした関心を呼ばないだろう。外に停まっているマスコミのトラックの一台はウニビシオン・ノティシアスのものだった。ということは、今回の事件のニュースは地元中心に流されるだろう。

「で、報道規制に関して話すのはトレヴィーノなのか、バルデスなのか？」ボッシュは訊いた。

「報道規制？」ルルデスが問い返した。

「われわれとレイプ犯しか知らない事実を隠すことだ。そうすることで虚偽の自白を蹴飛ばし、真実の告白を立証できる」

「あー……いえ、その話は出てこなかった」

「トレヴィーノはおれを出し抜こうとする代わりに実際におれに電話してくればよかったのにな」

ボッシュは集まっている人々に背を向けた。

「戻って、被害者と話をする用意は整っているかい？」ボッシュは訊いた。「被害者の英語はどうだ？」

「英語は理解しているわ」ルルデスが言った。「でも、スペイン語で話すほうを好んでいる」

　ボッシュはうなずいた。ふたりは刑事部屋に向かって廊下をわたりはじめた。司令室というのは刑事部屋の隣にある広い会議室だった。長テーブルが一脚、ホワイトボードのついている壁があり、一斉検挙や事件捜査、配置がＤ＆Ｄされる場所だった。すなわち、図示《ダイアグラム》され、話し合《ディスカス》われる場所だった。通常、酒気帯び運転の一斉検挙やパレードの警護といった大がかりな作戦用に使われていた。

「で、どんなことがわかっている？」ボッシュは訊いた。

「たぶんあなたは被害者を知っているか、顔見知りのはずよ」ルルデスは言った。「〈スターバックス〉のバリスタなの。午前中のシフトに入って、パートで働いている。毎日、六時から十一時まで」

「彼女の名前は？」

「ｚで終わるベアトリス。ラストネームは、サアグン」

　ボッシュはその名前と顔を結びつけることができなかった。ボッシュが利用する午前中に通常〈スターバックス〉で働いているのは三人の女性だった。司令室に入れば顔見知りだとわかるだろう、とボッシュは推測した。

「仕事が終わってまっすぐ帰宅したのか？」ボッシュは訊いた。

「ええ。すると犯人が彼女を待ち構えていた」ルルデスは言った。「ベアトリスはマクレー・ストリートから一ブロック離れたセブンス・ストリートに住んでいるの。プロファイルに一致する——一戸建て住宅、商業地域に隣接する住宅地域。ベアトリスは家のなかに入り、すぐになにかが変なのに気づいた」

「網戸を見たのか?」

「いえ、なにも見ていなかった。犯人のにおいがわかったの」

「においがわかった?」

「彼女が家に入ったとたん、家のなかに変なにおいがするのに気づいた。そして、郵便局員とわたしたちとのヘマを思いだした。わたしたちがマロンを逮捕したあの日、彼女は〈スターバックス〉で働いていたの。あのあとでマロンが店にコーヒーと朝食用サンドイッチを食べにいったとき、彼はカウンターの奥の女性店員たちに、警察が近所で暴行を働いているレイプ犯と自分を間違えたんだと話をした。それで彼女はすぐに警戒した。家に入り、どこかおかしいと気づいた彼女は台所の箒《ほうき》を手にした」

「なんとまあ、勇敢な女の子だ。そこから逃げだすべきだったのに」

「まさにそのとおりだとわたしも思う。だけど、彼女はこっそりやつに近づいたの。寝室に入り、相手がカーテンの裏にいると気づいた。勘づいたそうよ。で、エイドリアン・ゴンザレス（本作刊行当時はドジャースの一塁手）のように箒を振り、犯人を殴りつけた。顔をまともに。犯人はカーテンもろとも床に倒れた。茫然として、なにが起こったのかわからず、窓から飛び降りて、逃げだした。ガラスを突き破って逃げたの」

「現場検証はだれが担当している？」

「チームA。警部はシストを子守につけている。だけど、ハリー、なにがあったと思う？　ナイフを押収したの」

「そりゃすごい」

「犯人は彼女に殴られたときにナイフを取り落とし、それがカーテンにもつれてしまったので、そのまま逃げたの。ナイフが見つかって、すぐにシストがわたしに連絡してきた」

「本部長はその件を知っているのか？」

「いいえ」

「それはわれわれの報道規制対象だ。シストとチームAの連中に、ナイフの件は表沙汰にするなと伝えなければ」

「わかった」

「どんな覆面を犯人はかぶっていたんだ？」

「その件はまだ被害者には訊いていない」

「彼女の月経周期はどうだ？」

「それも訊いていないな」

ふたりは司令室のドアのまえにやってきた。

「オーケイ」ボッシュは言った。「用意はいいか？　きみがリード役を務めるんだ」

「はじめましょう」

ボッシュはドアを開け、ルルデスを先にいかせるあいだ、ドアを支えた。ボッシュは、大きなテーブルのまえに座っている女性が、角を曲がったところの〈スターバックス〉で自分にアイスラテを淹れてくれる店員だとすぐに気づいた。彼女はいつも笑みを浮かべ、気さくに接してくれる店員であり、たいてい、ボッシュが注文しないうちに飲み物を淹れてくれた。

ふたりがなかに入ると、ベアトリス・サアグンは携帯電話でだれかにメールを送っているところだった。真剣な面持ちで顔を起こして、ボッシュに気づいた。小さな笑みが彼女の顔に浮かんだ。

「アイスラテ」ベアトリスは言った。

ボッシュはうなずき、ほほ笑み返した。ボッシュは手を差しだし、ベアトリスがその手を握った。

「ベアトリス、わたしはハリー・ボッシュ。きみが無事で嬉しいよ」

ボッシュとルルデスはテーブルをはさんで彼女の向かい側に座り、質問をはじめた。すでに知られているおおよその話に加え、ルルデスはより深い中身にまで踏みこみ、あらたな細部を浮かび上がらせることができた。ときどき、ボッシュは質問し、ルルデスが誤解のないようにするためそれをスペイン語に訳して繰り返した。ベアトリスは質問にゆっくり、じっくり考えて答え、そのおかげでボッシュはルルデスに通訳してもらわなくとも言われたことの大半を理解した。

ベアトリスは二十四歳で、〈網戸切り〉事件のこれまでの被害者の身体的プロフィールに合致していた。長い茶色の髪、黒い瞳、細身の体型。彼女は〈スターバックス〉で働いて二年になり、彼女の英語運用能力が注文や支払い業務に必要なレベルに達していないので、主にバリスタとして勤めていた。これまで客やほかの従業員とトラブルに陥ったことはない、とベアトリスはボッシュとルルデスに話した。ストーキングされておらず、以前のボーイフレンドとも問題を抱えていなかった。家を別の〈スターバックス〉のバリスタとシェアしていて、その女性は通常昼間のシフトに入っており、侵入事件当時は家にいなかった。

聴取のなかで、ベアトリスは、自宅の侵入者がルチャリブレのレスリング・マスクをかぶっていたことを明らかにし、マスクについて、以前の〈網戸切り〉被害者とおなじ表現をした――黒と緑と赤。

また、ベッドサイド・テーブルに置いているカレンダーに自分の月経周期を記していたことも明らかにした。自分は敬虔なカトリック教徒として育てられ、まえのボーイフレンドとは周期避妊法を実践していたと説明した。

刑事たちが特に関心を払ったのは、ベアトリスに侵入者が自宅にいる可能性に気づかせたのはなにかという点だった。においだった。注意深い質問によって、ベアトリスは、煙草のにおいではなく、煙草を吸っている人間が発するにおいだと思ったことを明らかにした。ボッシュはその違いを理解しており、それをいい情報だと思った。〈網戸切り〉は喫煙者なのだ。ベアトリスの家にいるあいだは煙草を吸っていなかったが、体ににおいが付きまとっており、ベアトリスはそれを感じ取った。

ベアトリスは聴取のあいだ、ほぼずっと自分の体を両腕で抱き締めていた。逃げだすよりも本能的に侵入者を見つける行動をしてしまい、いまになってそれがどれほど危険な判断だったかわかってきたところだった。聴取を終えると、刑事たちは、近所にまだいる記者たちを避けるため、通用口を使ってベアトリスを連れだすことを提案した。また、少なくともこの先数日分必要な衣服や身の回り品を取りに自宅へ送り届けることも申しでた。ベアトリスとルームメイトはしばらくその家にいないほうがいいと勧められた。鑑識担当員や捜査員がその家に出入りできるようにすることと、セキュリティ上の理由からだった。〈網戸切り〉が戻ってくるかもしれないとは、刑事たちはあえて口にしなかったが、その懸念がふたりの念頭にないわけではなかった。

ルルデスはシストに連絡して、いまからそちらへ向かうと注意喚起をしてから、ルルデスの覆面カーで被害者宅へ向かった。

シストは家のまえで待っていた。彼は地元で生まれ育った人間で、サンフェルナンド市警は彼がいままで勤務した唯一の警察だった。ルルデスはサンフェルナンド市警に来るまえにロサンジェルス郡保安官事務所での経験を積んでいた。シストはルルデス同様、ジーンズと黒のゴルフシャツ姿だった。そのふたりがしょっちゅう着ている軽装の刑事制服のように思えた。サンフェルナンド市警で働くようになって以来、ボッシュはルルデスの技能と献身に強い印象を受ける一方、シストのそれにはどんどん低い評価をつけるようになっていた。ボッシュには、シストは無駄に時間を潰しているように思えた。シストはいつも携帯電話でメールを打っており、雑談をする際に、事件や警察のことを持ちだすよりも朝のサーフィン波のレポートを話題にしたがっていた。机や掲示板に事件関係の写真やほかの事件を思いださせるものを飾っている刑事がいる一方、仕事以外の趣味の品を置く刑事もいた。シストは後者のひとりだった。彼の机はサーフィンやドジャースの記念品で飾り立てられていた。最初それを見たとき、ボッシュはそこが刑事の机だとわからなかった。

ルルデスは、ベアトリスが家に入り、スーツケースやダッフルバッグに衣服と洗面用品を詰めているあいだ、彼女にピタッと寄り添っていた。ベアトリスが荷物を詰め終えると、ルルデスは、もう一度事件の話をし、家のなかを捜査員に案内してもらえないだろうか、と彼女に頼んだ。ベアトリスはその申し出に応じ、できるだけ早く敷地から逃れるよりも侵入者を探すために家のなかに入っていったベアトリスの選択にまたしてもボッシュは驚嘆した。

ルルデスが自発的にベアトリスをサンフェルナンド市内にある彼女の母親の家まで車で送ることにして、ボッシュはシストと鑑識チームといっしょにあとに残った。ボッシュはまず網戸が切り取られ、家への最初の侵入口になった裏窓を点検した。ほかの事件ととても似通っていた。

次にボッシュは落ちたカーテンにもつれあって回収されたナイフを見せてくれるよう、シストに頼んだ。シストはいくつもの品物を入れている茶色い紙袋から一つの証拠保全用ビニール袋を引っ張りだした。

「鑑識がそのナイフをすでに確認済みだよ」シストは言った。「綺麗なものだ。指紋はない。犯人は手袋を着用し、マスクをかぶっていた」

ボッシュはうなずきながら、ビニール越しにナイフをしげしげと眺めた。黒い折りたたみ式ナイフで、刃がひらかれていた。刃に沿ってメーカーのロゴが押されており、とても小さくて、ビニール越しでは読み取るのが難しいなんらかのコード番号も付いていた。刑事部屋の落ち着いた環境に戻ってから見直してみようとボッシュは心に決めた。

「それにしてもいいナイフだな」シストが付け加えた。「携帯電話で調べてみた。チタニウムエッジという名の会社が作ったものだ。ソーコム・ブラックという品名だ。そのブラックパウダー・コーティングの刃は、光を反射しないんだ――つまり、夜、外に出て、だれかをビビらせなきゃならないときに」

シストは皮肉っぽく言ったが、ボッシュには面白くもなんともなかった。

「ああ、知ってるよ」ボッシュは言った。

「ここで待っているあいだにナイフ関係のブログをふたつ見てみた――ああ、ナイフのブログってあるんだ。そこではおおぜいの人間がソーコム・ブラックは最高の一本のひとつだと言ってる」

「なんのために最高なんだ？」ボッシュは訊ねた。

「ビビらせるのにだろう。小便をチビらせるんだ。Socom《ソーコム》というのは、たぶんなにかの特殊部隊の秘密作戦の略称だろう」

「特殊作戦軍《スペシャル・オペレーションズ・コマンド》。デルタ・フォースだ」

シストは驚いた表情を浮かべた。

「へー。軍のこと知ってるんだ」

「少しは心得ている」

ボッシュは慎重にナイフをシストに返した。

シストが自分のことをどう思っているのか、ボッシュには定かではなかった。刑事部屋でのふたりの机はあいだにプライバシー用壁が一枚あるだけとはいえ、ふたりはほとんど交流がなかった。シストは、窃盗犯罪を扱っており、ボッシュは未解決の窃盗犯罪に自分の時間を費やしていなかったので、毎日の決まり切った挨拶以外の会話を交わす理由がほとんどなかった。自分の半分の年齢のシストは、年輩の刑事をなんらかの過去の遺物として見ているのではないだろうか、とボッシュは思った。無給で仕事をしにくるときボッシュがしょっちゅう上着を着て、ネクタイを締めているのも、たぶんシストを困惑させているのだろう。

「で、きみが見つけたとき、刃は畳まれていなかったんだな？」ボッシュは訊いた。

「刃を出した状態で犯人はカーテンのうしろに隠れていたわけか？」

「ああ、刃を出して、用意をしていた」シストは言った。「だれも指を切ったりしないよう畳んでおいたほうがよかないか？」

「だめだ。発見したときとおなじ状態で手続きするんだ。たんに取り扱いに注意すればいい。刃がひらかれていることを警告するんだ。それを証拠保管部屋に持っていくときは箱に入れるようにしたほうがいいんじゃないかな」

シストはうなずき、注意深くナイフを大きめの証拠袋に入れた。ボッシュは窓に近寄り、割れたガラス越しに裏庭を見た。〈網戸切り〉は窓に身を投じ、ガラスと窓枠を突き破った。ボッシュの頭に最初に浮かんだのは、犯人が怪我をしたにちがいないということだった。箒での一撃は相当な衝撃だったにちがいなく、彼は戦うよりも逃げることを選んだ――狙いを定めた被害者の予想外の反応に。しかし、窓を通り抜け、ガラスや窓枠を破壊するにはかなりの力が要る。

「ガラスに血かなにかは付いていなかったのか？」ボッシュは訊いた。

「いまのところ見つかったものはない」シストが答えた。

「ナイフに関してはなにも言うなよ、いいな。その件でだれとも話をしない――とりわけ、ブランド名やモデル名については」

「了解。自首して、自白するやつがいるなんて思うかい？」

「もっと変わったことをおれは見てきた。だれにもわかるものか」

ボッシュは携帯電話を取りだし、他人に内容を聞かれずに話せるよう、シストから離れはじめた。廊下に足を踏み入れ、そののちキッチンに入ると、娘の電話番号にかけた。いつもどおり、娘は電話に出なかった。彼女の携帯電話の主な使い方は、メールと、自分のSNSの確認だった。だが、ボッシュは、娘が父親からの電話に応えなかったり、電話がかかってきていることすら知らないときには、ずっとサイレントモードにしているのを知っていた――ボッシュが残したメッセージをあとから聞くのだ。

予想どおり、電話は留守録に繋がった。

「やあ、パパだ。たんにおまえの様子を確認したかっただけだ。なにもかも順調で、おまえが無事であるように願っている。今週のいつか、案件がらみでサンディエゴに出張をするかもしれない。コーヒーかなにか食事をしたいのか教えてくれ。ひょっとしたら夕食かな。ああ、それにしよう。すぐにおまえに会えることを期待している。

愛してるよ——ああ、犬の飲み水用ボウルに水を入れておくように」

電話を切ると、ボッシュは家の玄関ドアの外に出た。そこにはパトロール警官がひとり、立ち番をしていた。警官の名前はエルナンデスだった。

「今晩のボスはだれだ？」ボッシュは訊いた。

「ローゼンバーグ巡査部長です」エルナンデスは言った。

「彼に連絡して、ここに立ち寄っておれを拾ってもらえるかどうか確かめてくれないか？　署にもどらないといけないんだ」

「わかりました」

ボッシュは縁石に歩いていき、アーウィン・ローゼンバーグの乗ったパトカーがやってくるのを待った。車に乗せてもらわねばならなかったが、今夜の当直指揮官であるローゼンバーグに言って、パトロール警官にベアトリス・サアグンの家を見張らせるよう伝える必要もあった。

ボッシュは携帯電話を確認し、マディから返信が届いているのに気づいた。ここを通過するなら、夕食をいっしょにしてもいい、いってみたいレストランがあるんだ、という内容だった。ボッシュは自分の予定がはっきりしたらすぐ手はずを整えよう、と返事した。娘、サンディエゴへの出張、そしてヴァンスの案件はいずれも少なくとも二日間は留保できるだろうとわかっていた。〈網戸切り〉の事件から離れてはなるまい。仮にマスコミのスポットライトがかならずやもたらすであろうものに対応するための用意を整えておくだけのためであっても。

20

ボッシュは土曜日の朝、刑事部屋に入った最初の人間だった。一晩じゅう居続けて事件に取り組んでいたのでもないかぎり、充分誇らしかった。だが、ボランティアとしての自分の立場から、自由に時間を選ぶことができ、夜明けまで事件を追いかけるより、しっかりと夜に睡眠を取るほうを選んだ。徹夜するには年を取り過ぎていた。そういうのは殺人事件が起こったときに取っておくつもりだった。

署内を通るなかで、通信センターに立ち寄り、昨夜、連続レイプ犯に関するニュースがマスコミを賑《にぎ》わして以来入ってきたメッセージの束を拾い上げた。また、証拠保管部屋に寄って、事件現場から押収したナイフを確認した。

自分の机について、〈スターバックス〉で買ったアイスラテを啜《すす》りながら、ボッシュはメッセージに目を通しはじめた。最初にざっと見て、発信者がスペイン語しかしゃべっていないという特徴があるメッセージを第二の山にまとめた。それらはルルデスに渡して、読んでもらい、フォローしてもらうつもりだった。ルルデスは週末もずっと〈網戸切り〉事件に取り組むことになっていた。シストは刑事が必要とされるほかの事件すべての待機任務にあたり、トレヴィーノ警部が、輪番制の市警全体を統轄する週末担当になっていた。

スペイン語のみ話すメッセージのなかに、メキシコのプロレスラーがかぶっているようなマスクをかぶったレイプ犯に自分も襲われたと伝えてきた女性からの匿名通報があった。彼女は違法滞在であることを認めて、名前を明かすことを拒んだ。警察のオペレーターは、もしその犯罪について余すところなく教えてくれたなら、彼女の移民としての立場に反する行動は取らないと伝えたが、相手は説得されなかった。

自分の知らないほかの事件があるだろうとはずっと思っていたが、その女性が、暴行はほぼ三年まえに起こったとオペレーターに話していたのを読むのは、胸が塞がる思いがした。被害者はその恐るべき暴行の精神的そしておそらくは肉体的な結果を抱えて、正義がいつか勝利を収め、襲ってきた犯人がおのれの罪に対して責任を取るため拘束されるであろうという希望を抱くことすらできずにずっと生きてきたのだ、とボッシュは悟った。それが自分の国外退去に繋がるかもしれないという恐怖から、犯罪を通報しないことを選択したとき、彼女はそうした希望を全部諦めてしまったのだ。

この女性に同情しない連中もいることをボッシュはわかっていた。彼女が暴行に対して沈黙を守っていたことが警察の関心を惹くことなくレイプ犯が次の被害者に向かうのを許したのだと主張する連中だ。その主張にある程度の妥当性は見いだせるだろうが、ボッシュは沈黙をつづけた被害者の苦しみに同情する気持ちのほうが大きかった。女性がこの国にどうやってたどり着いたのかその詳細を知らずとも、ボッシュは、彼女のここに到る道のりが簡単なものではないとわかっており、たとえどんな結果になろうとも――レイプされたことを黙っていてすらも――留まりたいという彼女の願いはボッシュの胸を打った。政治家が、人を締めだしておくために壁を建設し、法律を変えることを口にするのは勝手だが、結局のところ、そういうのはたんなるシンボルにすぎない。港の入り口にある防波堤同様、大きな波は押さえようがないのだ。希望と欲望の波は、何物も止められない。

ボッシュは間仕切り区画を回りこみ、スペイン語のみのメッセージの束をルルデスの机に置いた。その角度からルルデスの作業スペースを見たのははじめてだった。刑事の机にはよくある警察の広報資料や指名手配のビラが並んでいた。十年まえから市警の懸案でありつづけているひとりの失踪女性のチラシが一枚あった。ずっと見つかっておらず、犯罪に巻きこまれた可能性があった。ふたりの机を分けている半分の高さの壁の中央に、ひとりの子どもの写真が何枚もピンで留められていた。男の子の写真だ。その写真のなかには、男の子をルルデスや別の女性が抱き抱えているところが写されているのもあれば、三人がグループ・ハグをしている写真もあった。ボッシュは一瞬立ち止まり、身を屈めて、写真が醸しだしている幸福感を見た。ちょうどそのとき刑事部屋のドアがひらき、ルルデスが入ってきた。

「なにをしているの？」ルルデスはマーカーペンを手に取り、出退勤ボードに始業開始時刻を記しながら訊いた。

「あー、きみ用の通報記録を置いていただけさ」ボッシュはうしろに下がり、ルルデスが自分のスペースに入る空間を与えた。「昨晩からのスペイン語での通報だ」

ルルデスはボッシュをまわりこんで、自分の間仕切り区画に入った。

「ああ、そうなの。ありがとう」

「なあ、これってきみのお子さん？」

「ええ。ロドリゴ」

「子どもがいるなんて知らなかった」

「たまたまね」

気まずい沈黙が降り、ルルデスはボッシュが写真に写っているもうひとりの女性が親子関係の一部であるかどうか、どちらが実際に子どもを産んだのか、あるいは子どもは養子なのかと訊ねるのを待った。ボッシュは追及しないことにした。

「そこのいちばん上のメッセージは、別の被害者からの通報だ」自分の机へ戻ろうと間仕切り区画をまわりこみながらボッシュは言った。「名前を名乗ろうとしなかったが、違法滞在者だそうだ。通信センターの話だと、裁判所のそばの公衆電話からかけてきたという」

「ほかにも被害者はいるだろうとわかっていたものね」ルルデスは言った。

「おれもここに通報の束を持ってきており、目を通すつもりだ。それに証拠保管部屋からナイフを持ち出してきた」

「ナイフ？　どうして？」

「このハイエンドの軍用ナイフはコレクターズ・アイテムなんだ。購入経路を追えるかもしれない」

ボッシュは自分の机に戻り、ルルデスの視界から消えた。

ボッシュはまず通報の束を見て、そちらにとりかかれば、ほとんどあるいはまったく成果なく一日のかなりの部分を潰してしまうだろうと思い、ついでナイフを見た。

ボッシュはナイフを選んだ。まずラテックスの手袋をはめ、証拠保全袋から凶器を取りだした。袋からそれを取りだす音にルルデスが立ち上がり、間仕切り越しに見下ろした。

「きのうの夜、そのナイフを見る機会がなかったな」ルルデスは言った。

ボッシュはルルデスが近くで見られるようナイフを高く掲げた。

「おっそろしく凶暴な代物に見えるね」ルルデスは言った。

「まちがいなく暗殺部隊で使われているものさ」ボッシュは言った。

ボッシュはナイフを戻し、刃の先端を突きだして水平に持った。背後から人を襲うマネをする。右手で相手の口を覆い、左手でナイフの刃の先端を対象者の首に突きつけた。それからナイフを外向けに払った。

「横からナイフを刺し、外に向かって払うことで、大量に出血させて、喉を掻《か》き切る」ボッシュは言った。「音も立てずに獲物は二十秒以内に出血死する。おしまいだ」

「獲物？」ルルデスは言った。「あなたはそういう連中のひとりだったの、ハリー？つまり、戦争では」

「おれはきみが生まれるずっとまえに戦争にいってた。だけど、その手のことはなにもしていない。手持ちのナイフの刃には靴磨きのクリームを塗っていた」

ルルデスは困惑した様子だった。

「それを塗ると暗闇で光を反射しなくなるんだ」ボッシュは言った。

「なるほどね」ルルデスは言った。

ボッシュは自分のデモンストレーションに決まり悪くなり、ナイフを机に置いた。

「犯人は元軍人だと思ってる？」ルルデスが訊いた。

「いや、思わん」ボッシュは言った。

「どうして？」

「なぜなら、きのうやつは逃げたからだ。もし軍隊の訓練を受けていたら、体勢を立て直し、失地回復し、前進するはずだ。ベアトリスに立ち向かっただろう。ひょっとしたら、彼女を殺していたかもしれない」

ルルデスはすこしの間まじまじとボッシュを見つめたが、やがてデスクマットに水の跡を残しているアイスラテをあごで指した。

「きょうあなたがあのお店にいったとき、彼女はいた？」

「いや、いなかった。驚くようなことじゃない。だけど、ベアトリスは毎土曜休んでいたのかもしれない」

「わかった、じゃあ、あの店の従業員たちに電話をかけはじめようと思う。あなたが気にしなければいいのだけど」

「ああ、気にしたりしないよ」

ルルデスはまた姿を消した。ボッシュはナイフを詳しく調べるため読書用眼鏡をかけたが、デスクマットの上の武器を見下ろしながら、別のものを見ていた。四十年以上まえ、トンネルのなかで自分が殺した男の顔を見ていた。トンネルの裂け目に自分の体を押しこんでいると、暗闇のなか、男が真横を通った。ボッシュの姿に気づかず、ボッシュのにおいにも気づかなかった。ボッシュは背後から男に摑みかかり、片手をその顔と口にかけ、ナイフで男の喉を掻き切った。あまりにもすばやく効率的におこなったので、動脈から噴きだした血は一滴もボッシュにかからなかった。口をがっしり押さえていたてのひらに男の最後の息が吐きだされたのをボッシュはずっと覚えていた。血の海に男を横たえたあと、ボッシュは男の両目を自分の手で閉じてやったのを覚えている。

「ハリー？」

ボッシュは過去の記憶から我に返った。トレヴィーノ警部が間仕切りのなかにいて、ボッシュの背後に立っていた。

「すみません、考えごとをしていたので」ボッシュは早口に言った。「なんでしょう、警部？」

「ボードに記入しろ」トレヴィーノは言った。「何度もおなじことを言わねばならないのは困る」

ボッシュが椅子をまわして、トレヴィーノを見ると、警部は出退勤ボードが設置されているドアを指さしていた。

「わかりました、わかりました。いまから書きます」

ボッシュは立ち上がり、トレヴィーノがうしろに下がったので、間仕切り区画から出られた。警部はボッシュの背中に向かっていった。

「それが例のナイフか？」トレヴィーノが訊いた。

「それが例のナイフです」ボッシュは答えた。

ボッシュはボードの桟からマーカーペンを摑み、その朝六時十五分に出勤したと書き記した。正確な時間を確認したわけではないが、〈スターバックス〉に六時にいたのはわかっていた。

トレヴィーノは自分のオフィスへ入り、ドアを閉めた。ボッシュは机の上のナイフに戻った。今度はタイムトラベルをせずに、身を屈め、黒い刃に刻印された数字を読もうとした。チタニウムエッジのロゴのある側には製造年月――二〇〇八年九月――

が記され、反対側にはその武器固有のシリアルナンバーと思われるものがあった。ボッシュは両方の数字を書き取り、チタニウムエッジ社がウェブサイトを持っているかどうか、オンライン検索をした。

それをしていると、ルルデスがスペイン語で折り返しの電話をかけはじめたのが聞こえた。あいつがレイプ犯だとだれかを告発している相手に電話をしているのだというくらいはわかった。短い電話になるだろうともわかった。捜査員たちは自分たちが捜しているのが白人であることに九十五パーセントの確証を抱いていた。ラテン系の男を告発するような電話主は、いずれも間違っており、個人的な敵の生活を困難なものにしたくてチクリの電話を入れている可能性が大きかった。

ボッシュはチタニウムエッジのサイトを見つけ、同社のナイフの所有者は、購入時あるいはそれ以降に登録できるのをすぐに知った。かならずしも登録が必要というわけではなく、たいていの場合、購入者はわざわざ登録しないだろうとボッシュは推測した。ナイフのメーカーは、ペンシルヴァニア州に所在していた――ナイフの原材料を生産している製鉄所に近いところだ。ウェブサイトでは、同社がさまざまな折りたたみ式ナイフを製造していることを謳《うた》っていた。会社が土曜日に営業しているかどうかわからなかったが、ボッシュはためしにウェブサイトに載っている電話番号にかけてみた。その電話はオペレーターが応答に出て、ボッシュは出勤している管理職の人間に繋いでもらうよう頼んだ。

「きょうはジョニーとジョージが出ています。ふたりが責任者です」

「どちらかと電話で話せますか？」ボッシュは訊いた。「どちらでもかまいません」

オペレーターはボッシュを待たせ、二分後、しゃがれ声の男性の声が電話の向こうから聞こえた。

「こちらはジョニーです」

「ジョニー、こちらはカリフォルニアのＳＦＰＤのボッシュ刑事です。当地で現在おこなわれている捜査にご協力していただくため、二、三分お時間を頂戴したいのですが」

間があいた。ボッシュは市外へ電話をかける際、ＳＦＰＤという略称を用いるようにしていた。電話を受けた人間にボッシュがサン《S》フランシスコ《F》市警からかけていると早合点させ、ちっぽけなサン《S》フェルナンド《F》からかけているのだと相手がわかっているときよりも進んで協力してくれる可能性が高かったからだ。

「ＳＦＰＤ？」ジョニーはようやく口をひらいた。「ぼくはカリフォルニアにいったことなど一度もないぞ」

「いえ、あなたに関わることじゃありません」ボッシュは言った。「事件現場で押収したナイフに関わることです」

「だれかそのナイフで怪我をしたのかい？」

「われわれが知っているかぎりでは、怪我人はいません。押しこみ強盗が落としていったんです。侵入した家から追い払われる際に」

「ナイフを使ってだれかを傷つけようとしていたように聞こえるな」

「どうなったかは、われわれにはわかりません。とにかく、ナイフを落としていったので、それを追跡しようとしているのです。そちらのウェブサイトで、購入者はナイフの登録ができると書かれているのを見ました。このナイフが登録されているかどうか、突き止められたらいいなと願っているのです」

「どのモデルだね？」

「ソーコム・ブラックです。刃渡り十センチのブラックパウダー・コーティングの刃。刃には二〇〇八年九月製造と記されていました」

「ああ、そのモデルはもう作っていないんだ」

「ですが、いまも高い評価をされている、コレクターズ・アイテムです。わたしが聞いたところでは」

「まあ、ここのコンピュータで調べさせてくれ、なにが出てくるか見てみよう」

ボッシュは協力してもらえたので、志気が高まる思いがした。ジョニーはシリアルナンバーを訊き、ボッシュは刃からそれを読み上げた。相手がコンピュータに入力している音が聞こえた。

「えっと、登録されてるな」ジョニーが言った。「だけど、残念ながら、盗まれたナイフだ」

「ほんとですか？」ボッシュは訊いた。

だが、それはボッシュには驚くようなことではなかった。連続レイプ犯が直接自分にたどれるような武器を使うのはありそうにないと思った。たとえ自分はけっしてナイフを失ったり、容疑者と特定されたりしないとうぬぼれていたとしても。

「ああ、もともとの購入者が買った二年後に盗まれている」ジョニーは言った。「少なくともそのように購入者はうちに連絡してきている」

「そうですか、そのナイフは押収されています」ボッシュは言った。「こちらで事件が解決すれば、その所有者に返却されるでしょう。その人の情報を教えていただけますか？」

ジョニーが令状を求めないでくれるようボッシュは願った。そうなればこの手がかりの追及が這うように遅くなるだろう。週末に判事を叩き起こして、捜査のささいな部分のための令状に署名してもらうのは、あまりやりたいことではなかった。

「うちはいつもよろこんで軍関係と警察関係に協力するよ」ジョニーが愛国者風に言った。

ボッシュは二〇一〇年にそのナイフを買った元の購入者の名前と住所を書き取った。名前はジョナサン・ダンベリーで、住所は、少なくとも当時はサンタクラリタだった。サンフェルナンドから5号線を北上して三十分でいける距離だった。

ボッシュはナイフ製造業者のジョニーに協力の礼を告げると電話を切った。すぐに交通車両局のデータベースに繋いで、ジョナサン・ダンベリーの居場所が突き止められるかどうか確かめた。すぐにダンベリーが二〇一〇年にナイフを盗まれたと報告したときとおなじ住所にまだ住んでいるのがわかった。また、ダンベリーが現在三十六歳で、犯罪歴がないことも知った。

ボッシュはルルデスがスペイン語での電話を終えるのが聞こえるまで待った。ルルデスが電話を切るとすぐに、ボッシュは彼女に呼びかけた。

「ベラ」

「なに？」

「出かける用意はできているかい？　ナイフで手がかりを摑んだ。サンタクラリタの住民が、六年まえにそのナイフを盗まれたと報告している」

ルルデスはプライバシー壁の上に頭をヒョイッと出した。

「自分を撃つ用意ができてるというのが、いまのわたし」ルルデスは言った。「この連中、みんなむかしのボーイフレンドの文句を言っているだけ。警官にめんどうをかけさせたがっている連中ばかり。それにデートレイプがごまんとある、残念だけど。今回の事件の犯人は、自分に無理強いした男だと考えている女性たち」

「真犯人を見つけるまでその手の電話がかかってきつづける」ボッシュは言った。

「わかってる。あしたは息子と過ごすつもりだったの。だけど、この手の電話がかかってきつづけるなら、ここに張り付いていないとだめでしょうね」

「あしたはおれが担当するよ。オフを取ればいい。スペイン語しか喋れない通報は月曜日にまわすさ」

「ほんと？」

「ほんとさ」

「ありがとう。当時どのようにそのナイフが盗まれたのか、わかっているの？」

「まだわからない。出かける準備はできている？」

「その持ち主が犯人という可能性はあるかしら？　偽装工作として、ナイフが盗まれたと報告した？」

　ボッシュは肩をすくめ、コンピュータを指さした。

「持ち主の記録は綺麗なものだ」ボッシュは言った。「プロファイラーは前科を探れと言っていた。小さな犯行が積もり積もって大きな犯行になるのだ、と」

「プロファイラーはかならずしもいつも正しいわけじゃない」ルルデスは言った。「わたしが運転する」

　最後の一言はふたりのあいだのジョークだった。予備警官としてボッシュは公用車を与えられていなかった。もし公の警察業務をおこなう場合、ルルデスが運転しなければならなかった。

　刑事部屋から出る途中で、ルルデスは立ち止まり、時刻と目的地――サンタ《S》クラリタ《C》・ヴァレー《V》――を刑事部屋のドアにかかっているボードに記入した。

　ボッシュは記入しなかった。

21

サンタクラリタ・ヴァレーは、サンガブリエル山脈とサンタスザナ山脈のあいだの窪地に築かれた長々と広がるベッドタウンだった。ロサンジェルスの北にあり、それらの山脈によってロサンジェルスおよびその害悪を近づきづらくさせていた。当初から、家族を抱えている人々をロサンジェルスから北へ引き寄せる場所だった。より安い住宅、より新しい学校、より青々とした公園、より少ない犯罪を求める家族持ちたちを。そのおなじ特徴が、自分たちが守り、仕えている場所から離れていたがる法執行機関の職員を何百人も引き寄せていた。やがてサンタクラリタは、ロサンジェルス郡のなかで住むのにもっとも安全な場所になったと言われるようになった。なぜなら、ほぼすべてのブロックに警察官が暮らしているからだ。

だが、その抑止力や壁としての山脈があったとしても、都会の害悪からは逃れようがなく、結局、山道を越え、住宅地区や公園に入りこんできた。ジョナサン・ダンベリーがそれを証明できた。ダンベリーはボッシュとルルデスに、フェザースター・アヴェニューにある自宅のドライブウェイに停めていた車のグラブ・コンパートメントから三百ドルするチタニウムエッジ・ナイフを盗まれた、と語った。その被害に屈辱を加えることになったのだが、その窃盗事件は通りをはさんだ向かいに保安官補の家があるのに起きた。

中流とアッパーミドル階級の家が建ち並ぶすてきな住宅地域で、ハスケル・キャニオン・ウォッシュと呼ばれる自然の排水路が裏に流れていた。ダンベリーはTシャツとボードショーツにサンダル姿で戸口に出てきた。自分は自宅を仕事場にしているインターネット・ベースの旅行代理店業者である、とダンベリーは説明した。妻はヴァレー地区のソーガス・エリアで不動産販売をおこなっていた。ボッシュが証拠袋のなかのナイフを見せるまで、盗まれたナイフのことはすっかり忘れていた、とダンベリーは言った。

「もう一度目にすることになるとは思ってもいなかったよ」ダンベリーは言った。

「うわ、だな」

「あなたはチタニウムエッジ社にナイフが盗まれたと六年まえに連絡しています」ボッシュは言った。「保安官事務所へも通報されましたか？」

サンタクラリタには警察署はなく、最初からロサンジェルス郡保安官事務所と契約を結んでいた。

「電話をしたよ」ダンベリーは言った。「実際のところ、当時、通りをはさんだ向かいに住んでいた保安官補のティルマンがきてくれて、通報してくれた。だけど、そのあとなにもなかったんだ」

「刑事からのフォローアップの連絡はなかったんですか？」ボッシュは訊いた。

「一度電話がかかってきたのは覚えているけど、あんまり真剣にとりあってはくれなかったな。刑事はたぶん近所のガキどもの仕業だろうと考えていた。そんなことをするとは大胆極まりないと思ったんだが」

ダンベリーは通りの向かいを指さしてなにを言わんとしているか示した。

「保安官事務所の車がまんまえに停まっていて、六メートル離れたところにうちの車が停まっていたんだ。その状況で、ガキどもはうちの車に侵入してナイフを盗んでいく根性があったことになる」

「車の窓を破って、アラームを鳴らしたんですか？」

「いいや。担当刑事は、おれが車をロックしていなかったんだという判断を下した。まるでおれが悪いかのような口ぶりだった。だけど、おれはロックしなかったわけじゃない。一度もそんなことはしていない。ガキどもがスリムジムかなにかを使って、窓を破らずに入りこんだんだと思う」

「では、あなたの知るかぎりでは逮捕された者はいない？」

「もしいたとしたら、おれには一言も伝えなかったんだろうな」

「その報告書のコピーをお持ちですか？」ルルデスが訊いた。

「持ってたけど、ずいぶんまえのことだからなあ」ダンベリーは言った。「うちには子どもが三人いて、おれはここで仕事をしている。だから、あんたたちをなかへ通さなかったんだ。家のなかはグチャグチャなんだ。家と呼んでいるゴミ屋敷のなかから報告書を探しだすのは少し時間がかかるよ」

ダンベリーは笑い声を上げた。ボッシュは笑わなかった。ルルデスはただうなずいた。

ダンベリーは証拠袋を指さした。

「で、そこには血がついていないように見えるんだが」ダンベリーは言った。「だれかが刺されたとかなんとか言わないでくれ」

「だれも刺されていません」ボッシュが言った。

「はるばるここまでやってくるなんて、さぞかし重大な事件に思えるんだが」

「重大ですが、それについてお話しするわけにはいかないのです」

ボッシュは上着の内ポケットに手を入れ、探しているものが見つからないふりをした。それから別のポケットを軽く叩いてまわった。

「煙草を一本拝借できませんか、ダンベリーさん？」ボッシュは訊いた。

「いや、煙草は吸わんでくれ」ダンベリーは言った。「すまんが」

ダンベリーはナイフを指さした。

「で、そいつは返してもらえるんだろうか？」ダンベリーは訊いた。「実際に払った金額よりもたぶん価値がある。コレクターズ・アイテムなんだ」

「そうらしいですね」ボッシュは言った。「ルルデス刑事が名刺をお渡しします。二、三週間後に返却について彼女に問い合わせてください。ひとつ訊いてもよろしいですか？　なぜこのナイフを持っていたんです？」

「まあ、正直言うと、おれの義理の兄弟が元軍人で、この手のものを集めているんだ。自衛手段を持っておいたほうがいいかもしれないと思ったんだが、義理の兄弟にいい顔をしようとして手に入れたという側面のほうが大きいな。ナイフを注文して、最初はナイトテーブルのなかに置いていた。だけど、そんなことをするのは愚かだと悟ったんだ。子どもたちのだれかに怪我をさせる羽目に陥るかもしれなかった。で、グラブボックスに入れたんだ。ある日、車に乗りこんで、グラブボックスが開いているのに気がつくまで、ナイフのことをすっかり忘れていた。調べてみたら、ナイフがなくなっていた」

「ほかになにか盗られたものはありましたか？」ルルデスが訊いた。

「いや、ナイフだけだった」ダンベリーが答える。「車のなかにあるもので価値があるのはそれだけだった」

ボッシュはうなずき、向きを変えると、通りをはさんだ向かいの家を見た。

「どこに保安官補は引っ越したんです？」ボッシュは訊いた。

「知らないな」ダンベリーは言った。「友だちでもなんでもなかったんだ。シミ・ヴァレーかもしれない」

ボッシュはうなずいた。ダンベリーからナイフについて集められる情報はすべて集めた。それに煙草のテストも通ったようだ。〝ドアの叩き閉め〟質問をしてみることにした――自発的な会話なのに相手を怒らせる結果になりうる質問だ。

「きのうの昼ごろどこにおられたのか教えていただいてもかまいませんか？」ボッシュは訊いた。

ダンベリーは一瞬不愉快な表情を浮かべてふたりの警官を見たが、ぎこちない笑みに変えた。

「おいおい、なんだよ、これは？」ダンベリーは言った。「おれはなにかの容疑者なのか？」

「定型の質問です」ボッシュは言った。「このナイフはきのうの昼ごろに押しこみ事件で押収されました。もしあなたがどこにいたのか教えてくださったら、われわれにとってかなりの時間の節約になります。それについて報告書に書いていないのをうちの上司が見れば、こちらにもう一度お邪魔して、あなたを煩わせることになるでしょう」

ダンベリーはドアノブに手を置いた。話を打ち切り、ふたりのまえでドアを叩き閉める寸前だった。

「おれは一日じゅうここにいた」ダンベリーはぶっきらぼうに言った。「具合が悪くて学校を休んでいる子どもふたりを十一時ごろに医者に連れていった以外は。そういうのは簡単にチェックできるだろ。ほかになにかあるか？」

「ありません」ボッシュは言った。「お時間を割いていただいて、ありがとうございます」

ルルデスはダンベリーに名刺を渡し、ボッシュのあとにつづいて、玄関の階段を下りた。ふたりは背後でドアがピシャリと閉ざされる音を耳にした。

ふたりはフリーウェイに向かって戻り、ファストフードのフランチャイズ店に立ち寄り、ドライブスルーで買い物をした。南へ向かうあいだに、ボッシュがなにかを腹に入れられるようにするためだ。ルルデスはすこしまえに食べているからと言って、食事をパスした。当初、ふたりはいまの事情聴取についてなにも話さなかった。ボッシュは話し合うまえにダンベリーとの会話について考えたかった。5号線に入り、ファストフードのにおいを飛ばそうとしてルルデスが車窓を開けると、ボッシュが聴取を話題にした。

「ダンベリーについてどう思う？」ボッシュは訊いた。

ルルデスは窓を閉めた。

「わからない」ルルデスは言った。「だれがナイフを盗ったのか彼が知っていればいいと願っていた。保安官事務所の報告書を引っ張りだす必要があるわね。彼らがだれかを調べていたか確認するだけのためにも」

「じゃあ、ダンベリーがカモフラージュのため、盗まれたと報告したのではないと考えているわけかい？」

「盗まれたと報告し、二年経って、サンフェルナンドで女性たちをレイプしだした？そんなわけはないと思う」ルルデスは言った。

「報告に上がっているレイプ事件は二年後にはじまっている。昨晩の通報者の連絡からわかったのは、おそらくほかにもレイプ事件は起こっているだろう。もっと早くにはじまっていたかもしれない」

「まさしく。だけど、ダンベリーとは思わないな。彼の記録は綺麗だもの。プロファイルに合致しない。煙草を吸わないし。結婚し、子どもを持っている」

「プロファイラーはかならずしもいつも正しいとはかぎらないと言ったのはきみだぞ」ボッシュはルルデスに思いださせた。「自宅で仕事していることから、昼時は自由であり、子どもたちは学校にいる」

「だけど、きのうはちがっていた。医者と学校に簡単に確認できるアリバイをわたしたちに話した。彼ではないわ、ハリー」

ボッシュはうなずいた。彼も同意していたが、視野が狭くなるのを避けるため、あえて反対役を務めるのがいい手だと感じていた。

「考えてみるとずいぶん不気味よね」ルルデスが言った。

「考えてみるって、なにを？」ボッシュが訊ねる。

「この青い目をした住民が暮らすサンタクラリタで盗まれたナイフが、サンフェルナンドでマスクを被り、ラテン系女性を襲っている白人男性の手にどうやってたどり着いたのか？」

「ああ。この事件の人種的側面について何度も話をしてきた。ひょっとしたら、その点をもっと強く押してみなければならないのかもしれない」

「ええ、どうやって？」

「ロス市警に戻るんだ。人種差別の脅迫や逮捕などなどに関する事件ファイルがロス市警のフットヒル分署やミッション分署に保管されている。それを調べれば、いくつか名前が浮かんでくるかもしれない」

「わかった、わたしがやってみる」

「月曜日にだぞ。あしたは休みを取るんだ」

「そうするつもり」

だが、ボッシュは、ルルデスがロス市警の分署にみずから進んで連絡を取ってきているのを知っていた。ロス市警の一部でのボッシュに対する反感のせいだ。ルルデスは、ロス市警のファイルへのアクセスを自分が確実に得られるようにしたいと思っており、だれかがボッシュに恨みを抱いているからといって怯《ひる》まなかった。

「きみはどこに住んでいるんだ、ベラ？」ボッシュは訊いた。

「チャツワース」ルルデスは応えた。「ウィネトカ・アヴェニューに家があるの」

「すてきだ」

「わたしたちはその家を気に入っている。だけど、どこもおなじ。学校が問題。そこにはいい学校があるの」

ボッシュは間仕切りの壁にピン留めされている写真から、ロドリゴがせいぜい三歳だろうと推測した。ルルデスはすでに息子の将来を気にかけていた。

「おれには十九歳の子どもがいる」ボッシュは言った。「女の子だ。人生でかなりつらい経験をしている。まだ幼いうちに母親を亡くした。だけど、なんとか切り抜けた。子どもは驚くべきものだ。家庭で正しい方向に押してやりさえすれば」

ルルデスはたんにうなずき、ボッシュは望まれない、あからさまな助言を垂れる愚か者になった気がした。

「ロドリゴはドジャースのファンなのかい？」ボッシュは訊いた。

「そうなるには幼すぎるけど、いずれそうなるでしょうね」ルルデスは言った。

「じゃあ、きみがそうなんだ。ベアトリスがエイドリアン・ゴンザレスのように箒を振ったと言っただろ」

ゴンザレスはファンのお気に入りだった。とりわけ、ラテン系の野球ファンのあいだでは。

「ええ、わたしたちは、チャベス・ラヴィーン（ドジャー・スタジアムの所在地）にいって、ゴンゾーを見るのが大好き」

ボッシュはうなずき、仕事に話題を変えた。

「で、けさ調べた通報のなかで価値のあるものはなにもなかったのか？」

「なにもなかった。あなたの言うとおりだった。なにか出てくるとは思えないし、犯人はわれわれが点と点を繋いで全容を明らかにしはじめているのを知ってしまった。近所にぐずぐずはしていないでしょう」

「おれはまだ自分の担当分にたどり着きもしていない。ひょっとしたら幸運が舞いこむかもしれんぞ」

署に戻ると、ボッシュはようやく提供情報と通報の束に取りかかった。つづく六時間をかけ、一件一件調べ、電話をかけ、質問をした。ルルデスと同様、役に立つ情報はなにも出てこず、人間というものは都合のいい機会ができればもっとも深いところまで沈みこむものだ、という自分の信念をさらに強固なものにしただけだった。プロファイルによれば、殺人犯に進化しつつある連続レイプ犯を自分たちは逮捕しようとしているのだが、人々はその状況を利用して、それぞれの敵に恨みを晴らし、ひどい目に遭わせようとしていた。

22

日曜日も変化はなかった。ボッシュは電話でかかってきた提供情報のあらたな束に迎えられた。間仕切り区画のなかでそれらにさっさと目を通し、まずスペイン語だけの通報をわけ、翌日ルルデスに扱わせるため、彼女の机に置いた。それから残っている提供情報にとりかかり、必要な際には電話をかけ、関係ないと判断できたものは屑《くず》籠《かご》に放りこんだ。昼までにその作業を終え、ひとつだけ調べてみる価値があるかもしれない手がかりが残った。

その手がかりは匿名の女性から通報されたもので、彼女は金曜日の正午過ぎにセブンス・ストリートをマクレー・ストリートに向かって走っていくマスクを被った男を見かけたというものだった。通報者は名前を明かすのを拒み、非通知設定をした携帯電話でかけてきた。彼女はオペレーターに、セブンス・ストリートを車で西に向かって進んでいたときにマスクを被った男を見たと言った。男は通りの反対側を東に向かかって走っており、ある地点で立ち止まり、セブンス・ストリート沿いに駐車している三台の車のドア・ハンドルを開くかどうか試していたという。三台とも開かなかったので、男はマクレー・ストリートの方角に走りつづけた。通報者は、男のかたわらを通り過ぎたあと、見失ったと言った。

ボッシュはその提供情報に興味をそそられた。目撃のタイミングが、ほんの数ブロック先でのベアトリス・サアグン暴行未遂事件と一致していたからだ。その提供情報をさらに確からしくしたのは、走る男が黒地に緑と赤の意匠の入ったマスクをかぶっていたと通報者が表現したことだった。これはサアグンの証言にあったレイプ未遂犯がかぶっていたマスクの描写と一致していたし、マスクの特徴はマスコミを通じて公には発表されていなかった。

その提供情報でボッシュを悩ませたのは、容疑者がサアグンの家から逃亡しているあいだマスクをかぶりつづけていた理由だった。マスクをかぶって走る男は、たんに男が走っているだけよりもはるかに注意を引くだろう。ひょっとしたら男はサアグンに箒で殴られてまだボウッとしていたのかもしれない、とボッシュは考えた。男がその近所で顔を知られており、正体を隠したかったからというもうひとつの理由も考えられる。

通報者は男が手袋をつけていたかどうかについてはなにも言わなかったが、もしマスクをかぶっていたのなら、手袋もはめていただろうとボッシュは推測した。

ボッシュは椅子から立ち上がり、狭い刑事部屋をうろうろしながら、その提供情報とその意味について考えを巡らせた。匿名の通報者からの連絡によるシナリオでは、〈網戸切り〉は、逃走するために盗むことができる、ロックされていない車を見つけようとしていたことを示唆している。それは彼が逃走車両を持っていなかったか、持っていたけれどもなんらかの未知の理由で使えなくなっていたことを示唆している。そう考えるとボッシュは大いに興味をそそられた。〈網戸切り〉の仕業だと目されているこれまでの暴行は、慎重に計画を立て、お膳立てを整えていたものに思われていた。どんな計画でも脱出は、つねにもっとも重要な部分である。逃走車両になにが起こったのだろう？　パニックにかられ、逃げだした共犯者がいたのだろうか？　あるいは、徒歩で脱出しなければならなかった別の理由があったのだろうか？

第二の問題は、マスクだ。通報者は、容疑者がマクレー・ストリートに向かって走っていた、と言った。小規模店舗や家族経営の飲食店が建ち並ぶ商業通りだ。金曜日の正午は、マイカー運転者や歩行者がマクレーには相当数いて、メキシコのプロレスラーのマスクをかぶっている男の外見は、おおぜいに気づかれるだろう。いまのところ、走っている男に関する提供情報はこの一件だけだ。ということは、〈網戸切り〉は角にたどり着いたときにマスクを脱いで、マクレー・ストリートに曲がったか、あるいは横断したかだ、とボッシュに告げていた。

疑問に対する答えは、刑事部屋をうろついていては見つからないだろう、とボッシュにはわかっていた。机に戻り、机の上からキーとサングラスを手に取った。

刑事部屋から出ようとすると、廊下にいたトレヴィーノ警部とぶつかりそうになった。

「やあ、警部」

「ハリー、どこへいく？」

「昼食を買いに」

ボッシュはそのまま進んだ。外に出ているあいだに昼食を買うつもりがあったかもしれないが、ほんとうの目的地をトレヴィーノとわかちあうことに関心がなかった。もし匿名の提供情報が信憑性の高いものになれば、上司に伝えるつもりでいた。刑事部屋にあるボードを見て、またしても出退勤を記していないのをトレヴィーノに気づかれるまえに署の通用口にたどり着こうとボッシュは歩く速度を増した。

マクレーとセブンスの角にたどり着くのに車で三分かかった。ボッシュはレンタカーのチェロキーを停め、外に降りた。その角に立ち、周囲を見まわした。商業地域と住宅地域の交差点にあたるところだった。マクレー・ストリートには、小規模な会社や店舗、飲食店が並んでいる。セブンス・ストリートは、一家族向けとされる門扉《もんぴ》つきの狭い地所が並んでいた。だが、そうした家の多くは複数の家族で共有されており、違法に住居に改造された車庫にもさらにおおぜいの人が住んでいるのをボッシュは知っていた。

ボッシュは角に近いところにゴミ箱があるのに気づき、ある考えが浮かんだ。もし〈網戸切り〉がマクレーにたどり着いたところでマスクと手袋を外したとしたら、彼はそれを持ちつづけるだろうか？　手で持ち運んだり、ポケットに詰めこんだりするだろうか？　あるいは、捨てるだろうか？　犯行でほかのマスクを利用していたのが知られていた。レスリング・マスクと手袋を捨てるのが、にぎやかな通りに入った場合、賢明な動きだろう。

ボッシュはゴミ箱に近づき、蓋を持ち上げた。ベアトリス・サアグン暴行未遂事件発生から四十八時間と少し経っていた。その間に市がゴミ箱のゴミを回収したかは疑わしいとボッシュは思い、その考えは正しかった。マクレー・ストリートにとって忙しい週末だったようで、ゴミ箱はほぼ満杯だった。ボッシュは上着のポケットからラテックス手袋を取りだし、上着を脱いで、最寄りのバス停ベンチの背にかけた。手袋をはめ、袖をまくって作業に取りかかった。

腐りかけている食べ物や、たまに赤ん坊用の使い捨ておむつでほぼ満杯のゴミ箱を扱うのは胸の悪くなる作業だった。週末のどこかの時点でだれかが直接ゴミ容器に嘔《おう》吐《と》したようでもあった。底まで掘り返すのに丸十分かかった。マスクも手袋も見つからなかった。

ひるまず、ボッシュはマクレー・ストリートを二十メートルほどいった先にある次のゴミ箱に向かい、おなじ作業をはじめた。上着を着ていないので、ベルトに付けたバッジが見えており、そのせいでたぶん商店主や通行人になにをしているのか訊かれずに済んだ。二番目のゴミ箱では、三メートル先にあるタコス料理店の正面窓の席で食事をしている家族の関心を惹いた。ボッシュは自分の体を盾にして家族から見えないように気をつけながら、捜索をおこなおうとした。二番目のゴミ箱には同様のゴミがさらに詰まっていたが、発掘作業の途中で、鉱脈を掘り当てた。ゴミのなかに緑と赤の意匠をほどこされた黒い革製のレスリング・マスクがあった。

ボッシュはゴミ箱から体を起こし、手袋を外すと、ゴミ箱のそばの地面にそれを落とした。それから携帯電話を取りだし、ゴミ箱のなかのマスクの写真を数枚撮影した。発見したものを記録に留めてから、ボッシュはサンフェルナンド市警の通信センターに連絡し、担当の巡査に、ゴミ箱の容器からマスクを押収するため、保安官事務所の証拠保全チームに出動要請するよう告げた。

「自分で袋に入れて、標識を付けられないんですか？」巡査は訊いた。

「だめだ、おれは自分で袋に入れて、標識を付けられない」ボッシュは言った。「マスクの内側と、たぶん外側にも、遺伝学的証拠があるだろう。四角四面に手続きを取りたいんだ。どこぞの弁護士に、おれが間違った行動を取り、証拠を台無しにしたと陪審に主張されたくない。わかったかい？」

「ええ、ええ、わかりました、訊いてみただけです。その依頼をするにはトレヴィーノ警部の署名をもらう必要があります。そのあとで保安官事務所へ連絡します。しばらく時間がかかりますよ」

「ここで待ってるよ」

　しばらくというのは三時間だと判明した。ボッシュは辛抱強く待ち、その時間の一部をルルデスと話すことで費やした。ボッシュがマスクの写真をメールでルルデスに送ると、彼女は電話をかけてきたのだ。いい発見物であり、〈網戸切り〉に対する理解にあらたな次元をもたらしてくれるだろう。レイプ犯に結びつけられる遺伝学的証拠がマスクの内側にまちがいなく付着しているだろうとふたりは同意した。その点について言うと、ほか三件の暴行事件で回収された精液とおなじことになるだろう――絶対的な関連証拠だが、容疑者が特定された場合にのみ有効になる、と。証拠があればあるほどいいし、マスクを被ったり、調整したりしたときに、素材のなめし革に指紋が残っているかもしれないという希望を抱いている、とボッシュは言った。指紋はまったく新しい切り口になるだろう。〈網戸切り〉は一度もＤＮＡを記録されたことはないかもしれないが、指紋を採取された可能性は高かった。カリフォルニア州の運転免許証を取得するには、親指の指紋採取が必要だった。もしマスクに親指の指紋が付いていれば、役に立つだろう。ボッシュがロス市警で事件捜査に当たっている際、革のコートやブーツから指紋が採取されたことがあった。マスクが事件解決の鍵になりうるというのは、手の届かない希望ではなかった。

「いい仕事をしたわね、ハリー」ルルデスが言った。「きょう仕事に出ていたらいいのにと思っちゃう」

「かまわない」ボッシュは言った。「おれたちはふたりでこの事件に取り組んでいるんだ。おれの成果はきみの成果であるし、逆もまたしかりだ」

「まあ、そういう態度はトレヴィーノ警部をいい気分にさせるでしょうね」

「それがおれたちみんなが願ってやまないことさ」

ルルデスは笑い声を上げ、ふたりは電話を切った。

ボッシュは待機に戻った。午後のあいだ繰り返し、公共の目的のため、ゴミ箱を使おうとする歩行者を追い払わねばならなかった。上着を角のバス停ベンチに置いてきたのを思いだして、それを取りにもどっているすきに、出し抜かれたことがあった。戻ってみると、ベビーカーを押している女性がなにかをマスクの入っているゴミ容器に捨てているのを目にした。彼女はどこからともなく現れて、ボッシュはそれを止めるのに遅れた。戻ってみて、あらたな使い捨ておむつかと思っていたところ、食べかけのアイスクリーム・コーンが直接マスクの上に当たって、飛び散っていた。呪詛《じゅそ》を吐きながら、ボッシュは再度ラテックス手袋をはめ、手を伸ばして、溶けかけたチョコレートをマスクから取り除いた。そうしていると、マスクの下に自分がはめているのとよく似た手袋が片方分あるのを見た。それによって苛立ちのレベルが下がったものの、それほど下がったわけではなかった。

二名からなる保安官事務所の鑑識チームは午後四時近くになるまでやってこなかった。彼らは日曜の午後の出動要請について、あるいはゴミ箱の中身を扱う作業をすることについてあまり嬉しくない様子だった。ボッシュは謝らず、彼らに写真を撮影し、図に書き写し、証拠を押収するよう命じた。そのプロセスは、ゴミ箱のすべての中身をビニールシートに開け、ゴミをひとつひとつ吟味して第二のシートに移す作業を含んでおり、全部で二時間近くかかった。

最終的にマスクとふたつの手袋が回収され、ほかの証拠と合わせた分析のため、保安官事務所のラボへ運ばれることになった。ボッシュは特急で調べてくれと頼んだが、ふたりのうち上位にあたる鑑識技官は、自分が王位継承権の第一位だと思っている無邪気な子どもをあやしているかのように、ただうなずいて、ほほ笑むだけだった。

ボッシュが午後七時に刑事部屋に戻ったところ、トレヴィーノ警部の姿は見えなかった。彼のオフィスのドアは閉まっており、明かり採り窓は暗かった。ボッシュは自分の間仕切り区画に腰を下ろし、マスクと手袋の押収と、それに繋がった匿名の提供情報に関する証拠報告書を書き上げた。そののち、コピーを二部取り、一部を自分のファイル用に、もう一部を警部への提出用にした。

ボッシュはコンピュータに戻り、カリフォルニア州立大学ロサンジェルス校の保安官事務所ラボに送る追加の調査要請書に記入し、緊急調査の要請を念押しするための手段として使うことにした。タイミングがよかった。ラボからの週に一度の定期輸送便は、毎週月曜日にサンフェルナンド市警に立ち寄り、証拠の配達と回収をおこなうことになっていた。ボッシュの緊急調査要請はラボに翌日の午後までには届くだろう。たとえ証拠を回収した鑑識技官が、ボッシュの口頭での要請を伝達しなかったとしても。その要請のなかで、ボッシュはマスクの内側と外側の指紋と毛髪と、その他あらゆる遺伝的物質の徹底した検査を求めた。加えて、ラテックス手袋の内側も同様の証拠調査を求めた。早急な分析を必要としている理由として、この捜査が連続暴行犯の事件である事実をボッシュは述べた。こう記した――「この暴行犯は、われわれが止めないかぎり、女性に対する暴力と威嚇をやめることはないだろう。調査を急いでもらいたい」

今回、ボッシュは書類を三部プリントアウトした――一部は自分の事件ファイル用に、一部はトレヴィーノ用、一部はラボの定期便用に。三番目の写しを証拠保管室に届けてから、ボッシュは自宅へ帰れるようになった。丸一日働いて、マスクと手袋というい い手がかりを見いだした。だが、帰るかわりにボッシュは自分の間仕切り区画に戻り、担当案件を切り換え、ヴァンス調査に多少の時間を費やすことにした。出退勤ボードのおかげで、トレヴィーノがきょうは仕事を終えて出ていったのがわかり、見つかる心配はなかった。

ボッシュは、ヘイリー・B・ルイスから聞いた、ドミニク・サンタネロが、サンディエゴでの訓練中にチカーノの誇り運動に惹きつけられていたという話に興味を持っていた。フリーウェイの高架交差路の下にある公園についてのルイスの説明をとりわけ調べてみる価値があるように思われた。ボッシュはGoogleでいくつかの角度からそれを調べ、すぐにチカーノ・パークと呼ばれている場所の写真と地図を目にしていた。そこはフリーウェイ5号線の下、サンディエゴ湾を横断してコロナド島へ渡る橋の出口にあった。

公園の写真は、頭上のフリーウェイと橋を支えているすべてのコンクリート柱と支柱に描かれている何十もの壁画を見せていた。壁画は宗教的寓意物語や、文化遺産、チカーノの誇り運動で特筆すべき個人を描いていた。一本の柱に描かれた壁画は、この公園が一九七〇年四月にできたことを明示していた。ボッシュはその当時、サンタネロがヴェトナムにいたことを知っていた。ということは、ルイスがガブリエラだと特定した女性とサンタネロとの付き合いは、公園が市に正式に認められ、開設されるよりまえにはじまったのだ。

ボッシュが見ている壁画は、下の部分に公園の発起人となったアーティストたちの記名があった。そのリストは長く、ペンキは色褪せていた。名前は花輪のように柱の根元を取り巻いているヒャクニチソウの花壇の向こうに隠れていた。ボッシュはガブリエラの名前をそこに見ることはなかったが、見分けがつかない名前がその柱には多くあることを悟った。

ボッシュはその写真を閉じ、次の二十分間を費やして、インターネットで、その柱のもっとよく見える角度のものや、花輪が名前を隠してしまうほど育つまえに撮影された写真を探した。なにも見つからず、ボッシュはいらだった。ガブリエラが壁画に名前を記されている保証はなかったが、ドミニク・サンタネロを父親として記している少女の一九七〇年の出生記録を探しにサンディエゴに赴く際にその公園に立ち寄って確認する必要がある、とボッシュはわかっていた。

スタジオ・シティの〈アーツ・デリ〉に昼夜兼用の食事を取るため立ち寄ったのち、ボッシュは夜遅くにウッドロウ・ウィルスン・ドライブにたどり着いた。いつものように道のカーブしたところに車を停めると、歩いて自宅に戻った。郵便受けから一週間分の郵便物を抜き取る。おなじように郵便受けに突っこまれていた小さな箱があった。

ボッシュは家のなかに入り、あとで処理をするため、封筒類をダイニング・ルーム・テーブルの上にドサリと置いた。だが、まず箱を開け、注文したＧＰＳ検知機／

妨害機が入っているのを見た。

冷蔵庫からビールを一本手にし、上着を脱いでから、その装置をリビングのTVのまえにあるリクライニング椅子に持っていった。いつもなら、ボッシュはCDをかけるのだが、ニュースを確認し、〈網戸切り〉の報道がまだされているかどうか知りたかった。

5チャンネルにする。そこが地元の独立チャンネルであり、ハリウッド外のニュースに関心を払っているからだ。ボッシュは記者会見がおこなわれた金曜日に警察署で側面に5と記された報道用ヴァンを見かけていた。

TVをつけると、ニュース番組がすでにはじまっていた。ボッシュはGPS装置に同封されていた使用マニュアルに目を通しながら、耳はTVに向けていた。GPSトラッカーがどういうもので、信号をどう妨害するのかがわかりかけていると、ニュースのアナウンサーのまのびした声に関心をそそられた。

「……ヴァンスはステルス・テクノロジー開発に助力した人です」

ボッシュは顔を上げ、画面にかなり若いころのホイットニー・ヴァンスの写真が映しだされるのを見たが、すぐにそれは消え、アナウンサーは次のニュースに移っていた。

ボッシュはハッとして、椅子の上で身を乗りだした。リモコンを使って9チャンネルに切り替えたが、ヴァンスに関する報道はなかった。ボッシュは立ち上がり、ダイニング・ルーム・テーブルに置かれたノートパソコンのところにいった。ロサンジェルス・タイムズのホームページにいく。画面最上段の見出しは、こうだ——

速報——億万長者ホイットニー・ヴァンス死去
鉄鋼王であり、航空産業にも強い影響を与えた

記事は短かった。情報が少なかったからだ。たんにアヴィエーション・ウィーク誌が、ウェブサイトに、ホイットニー・ヴァンスが短期間の体調不良ののち死去したと伝えたとだけ記していた。その速報は匿名の情報筋の情報をもとに出しており、ヴァンスがパサディナの自宅で穏やかに亡くなったという以上の詳しい内容を明らかにしていなかった。

ボッシュはノートパソコンをバタンと閉めた。

「こん畜生」ボッシュは言った。

タイムズの記事はアヴィエーション・ウィークの記事の内容を確認すらしていなか

った。ボッシュは立ち上がり、リビングのなかをうろうろした。なにができるか定かではなかったが、ある意味で罪悪感を覚えており、ヴァンスが自宅で穏やかに亡くなったという報道を信用していなかった。

ダイニング・ルーム・テーブルに戻ろうとすると、ヴァンスからもらった名刺が目に入った。ボッシュは携帯電話を取りだし、その番号にかけた。今回、応答があった。

「もしもし？」

ボッシュはその声がホイットニー・ヴァンスのものでないのはわかった。ボッシュはなにも言わなかった。

「ボッシュさんですか？」

ボッシュはいったんためらったが、応えることにした。

「そちらはどなたかな？」

「スローンです」

「彼はほんとに亡くなったのか？」

「はい、ヴァンスさまは逝去なされました。ということは、あなたにお願いした仕事はもはや無用なのです。さよなら、ボッシュさん」

「おまえが彼を殺したのか、この野郎？」

スローンはその問いかけの途中で電話を切った。ボッシュはリダイヤルボタンを押しそうになったが、スローンは電話に出ないだろうとわかった。すぐにこの電話番号は通じなくなり、ヴァンス帝国とボッシュの繋がりも切れてしまうだろう。

「畜生」ボッシュはまた毒づいた。

その言葉は空っぽな家のなかに反響した。

|著者| マイクル・コナリー　1956年、アメリカ・フィラデルフィア生まれ。フロリダ大学を卒業し、フロリダやフィラデルフィアの新聞社でジャーナリストとして働く。手がけた記事がピュリッツァー賞の最終選考まで残り、ロサンジェルス・タイムズ紙に引き抜かれる。「当代最高のハードボイルド」といわれるハリー・ボッシュ・シリーズは二転三転する巧緻なプロットで人気を博している。著書は『暗く聖なる夜』『天使と罪の街』『終決者たち』『リンカーン弁護士』『真鍮の評決　リンカーン弁護士』『判決破棄　リンカーン弁護士』『スケアクロウ』『ナイン・ドラゴンズ』『証言拒否　リンカーン弁護士』『転落の街』『ブラックボックス』『罪責の神々　リンカーン弁護士』『燃える部屋』『贖罪の街』など。
|訳者| 古沢嘉通　1958年、北海道生まれ。大阪外国語大学デンマーク語科卒業。コナリー邦訳作品の大半を翻訳しているほか、プリースト『双生児』『夢幻諸島から』『隣接界』、リュウ『紙の動物園』『母の記憶に』『生まれ変わり』(以上、早川書房) など翻訳書多数。

訣別《けつべつ》(上)

マイクル・コナリー | 古沢嘉通《ふるさわよしみち》 訳

講談社文庫
定価はカバーに
表示してあります

2019年7月12日第1刷発行

発行者——渡瀬昌彦
発行所——株式会社　講談社
東京都文京区音羽2-12-21　〒112-8001
電話　出版 (03) 5395-3510
　　　販売 (03) 5395-5817
　　　業務 (03) 5395-3615
Printed in Japan

デザイン—菊地信義
本文データ制作—講談社デジタル製作
印刷———豊国印刷株式会社
製本———株式会社国宝社

ISBN978-4-06-512310-2

講談社文庫刊行の辞

二十一世紀の到来を目睫に望みながら、われわれはいま、人類史上かつて例を見ない巨大な転換期をむかえようとしている。

世界も、日本も、激動の予兆に対する期待とおののきを内に蔵して、未知の時代に歩み入ろうとしている。このときにあたり、創業の人野間清治の「ナショナル・エデュケイター」への志を現代に甦らせようと意図して、われわれはここに古今の文芸作品はいうまでもなく、ひろく人文・社会・自然の諸科学から東西の名著を網羅する、新しい綜合文庫の発刊を決意した。

激動の転換期はまた断絶の時代である。われわれは戦後二十五年間の出版文化のありかたへの深い反省をこめて、この断絶の時代にあえて人間的な持続を求めようとする。いたずらに浮薄な商業主義のあだ花を追い求めることなく、長期にわたって良書に生命をあたえようとつとめるところにしか、今後の出版文化の真の繁栄はあり得ないと信じるからである。

同時にわれわれはこの綜合文庫の刊行を通じて、人文・社会・自然の諸科学が、結局人間の学にほかならないことを立証しようと願っている。かつて知識とは、「汝自身を知る」ことにつきていた。現代社会の瑣末な情報の氾濫のなかから、力強い知識の源泉を掘り起し、技術文明のただなかに、生きた人間の姿を復活させること。それこそわれわれの切なる希求である。

われわれは権威に盲従せず、俗流に媚びることなく、渾然一体となって日本の「草の根」をかたちづくる若く新しい世代の人々に、心をこめてこの新しい綜合文庫をおくり届けたい。それは知識の泉であるとともに感受性のふるさとであり、もっとも有機的に組織され、社会に開かれた万人のための大学をめざしている。大方の支援と協力を衷心より切望してやまない。

一九七一年七月

野間省一